離人

さよならを言うまえに

太宰治

目次

如是我聞 147

人生絮語 191

推薦序

百姓貴族的煩惱備忘錄

冷氣團來襲的冬日夜晚收到讀者的來信，信中寫到最近的精神狀況不是很穩定，也遇到許多生活上的波折，我想給予對方適時的安慰和擁抱，有時候現實真的讓人無能為力。我忽然想起太宰治的作品，或許可以給這位朋友一些心靈上的啟發也說不定。感覺像是多年不見的老友，其實是他具親和力的文字拉近與讀者之間的距離，讓人容易產生共鳴，進而對太宰治充滿波折的人生際遇感同身受。

猶太人有句諺語說得好：「人類一思索，上帝就發笑。」對此我有著深刻的體會，因為上帝在創造人類的同時，也創造了幸福、歡樂、憂愁和苦惱，人生往往是苦樂參半，憂患與幸福相隨。米蘭昆德拉在他的小說《生命不可承受之輕》引述這句猶太諺語，主要是想傳達人類的智慧極其有限，無論對任何事物，都只能看到某一面向，沒有辦法面面俱到，進行多角度的思考，而且僅能看見事物的表象，參不透其內部蘊含的眞理，而上帝代表的是全知觀點，當祂看見人類進行思索的模樣，心裡明白愚蠢的人類又要陷入自尋煩惱的地獄之中。

而身爲作家的太宰治，是否也是旁人眼中自尋煩惱的作家呢？在他所寫的小說作品裡，我們看到的是一位喃喃自語，始終用單手托腮的憂鬱小生，絮絮叨叨的述說那些生活中無關緊要的小事，並爲此感到不安、焦慮與恐懼，盤旋在腦海裡的問題一個也沒有解決，卻開始自我否定、自我厭棄了起來。一想到明天早晨醒來又要面對著難以忍受的現實生活，還不如找個藉口溜出家門去喝酒。是這樣一個充滿自我矛盾的普通人，有著滿腹說不出的委屈和不被人理解的孤獨，而文字是他唯一可以抒發的管道，因爲這些想法如果去跟家人和朋友說，只會被嘲笑被當作是酒後的瘋話。文學對他而言，不是那種昂貴高尙的名牌，而是像酒一樣被當作每日的生活必需品，其他事一概做不來，唯獨可以坐在小桌前勉強自己寫點東西，不管它是可以拿來糊口還是拿文學獎混點名聲，總之，太宰有他堅持的信念，企圖透過文學作品向上帝報告「人類生活的眞實面」。

儘管太宰治發表在各大報章雜誌上的散文隨筆和他得獎受到肯定的小說作品，始終有人認爲文體過於輕佻瑣碎又做作，像是滑稽的小丑在舞台上動作笨拙地進行表演卻無人鼓掌。因爲他的文字嚴重的冒犯了這些所謂文學批評者向來秉持的某種道德規範，與其說是挑戰既有的權威，毋寧說是觸動了心靈深處最脆弱的那條神經線，而讓人感到自己彷彿赤身裸體被太宰一眼看穿感到無地自容吧。

這就是爲何他的隨筆裡面一再強調「誠實的重要性」的緣故，他深知勞動主義至上的日本社會，凡事講求的是效率和功效，而企求藝術附帶意義與利益效用說明書的人，反而是對自己的生存欠缺自信的病弱者。他在文中嚴厲的批判那些努力生產文學作品的人，其實只是在大量製造商品，沒有一點可供閱讀的價值，因爲他們在乎的名聲遠比自己的作品更重要，卻對作品必須傳達的眞實不屑一顧，甚至嗤之以鼻。他認爲誠實是身爲一位作家最基本的條件，而太宰則是用他寫下的文字為自己代言，說出眞理這件事對太宰來說是無比重要，因為說謊和裝傻遠比說實話來得困難。他是一個不善於掩飾自己情緒和想法的人，越是想掩飾，內心的苦惱越是明顯地浮現在臉上，與其繼續這樣苦悶下去，倒不如去外面喝個爛醉來得痛快，浸泡在酒精裡的麻醉感或許可以讓他暫時忘卻生而為人的煩惱。

沒得煩惱的人生並不是眞正的人生，因為沒有煩惱就無法體現什麼是快樂，就像黑暗和光明一樣，越黑暗的地方越能突顯出光明來，反之，越光明的地方，那黑暗就像臉上的一顆痣，如此顯而易見。而太宰就像是一腳踩在活著的地獄裡，拼命向世人訴說光明與美好是多麼重要的絕望先生。

若說到苦中作樂的作家，在日本近代以來的文壇，我相信太宰肯定是首屈一指，無人能與之匹敵。這種源於日常生活敏銳的感知，絕不可輕易的冠上「天才」一詞，當然，他在文學上表現的才華無可置疑，但是會讓讀者如此喜愛，產生強烈的共鳴，並且效法他那種睥睨一切、君臨天下的口吻，卻在開玩笑的時候意外說出了眞理，往往讓人猝不及防，為他的神來之筆感到震懾而佩服。

近來讀到《村上收音機2》裡頭，村上春樹提及有人去拜訪太宰，來訪者面對他說「我討厭太宰先生的文學。」太宰聽了很簡單地回答「說這種話，還來到這裡，所以還是喜歡吧。」這種率眞而自戀的發言，正是太宰的魅力所在。日本二次戰後不久，社會瀰漫著妥協與僞善，失去自信的日本人其實和太宰一樣，必須每日抱著自己的羞愧與自責度日，而太宰的文字看似戲謔不正經，實則悲憫而眞摯，讀完總讓人打從心底升起勇氣和自信，不知爲何有著微妙的治癒力，就連現在讀來都還是有相同的感受，這就是文學作品之所以千錘百鍊，歷久彌新的道理。

生於沒落的地方貴族世家，又自稱是東北農民的太宰，他的一生原本就具備了雙重身分——「百姓」與「貴族」，既卑屈又倨傲，既高尚又時時感覺自己是被人嫌棄的落魄文人，應該是勝利組的人生，卻覺得自己一事無成，永遠懷抱著挫敗感。正是這些日常生活的瑣碎與無奈，面對生存的無能爲力感，造就了太宰治——這位偉大的日本國民作家，願意從看似無關緊要的小事去參透人生的哲理，並在文字中給予讀者眞實的力量。

那位口口聲聲說著「生而爲人，我很抱歉」的作家，現在誠實的把他的一生攤在讀者諸君的面前，他所擁有的人生財富，已經無私的奉獻給每一位用心閱讀的朋友，如果你的心中也有煩惱，不妨仔細閱讀這本書，或許會帶給你完全不同的啓發。

銀色快手

日本文學評論家

人生戀文

關於感想

談何感想！

即便是渾圓的雞蛋，只要換一種切法不也能變成道地的四方形嗎。可以羞赧地垂眼嘟嘴裝可愛，亦可效法剛自原野出現的原始人那種樸素。於我而言，唯一確實的，是自己的肉體。這樣躺著，觀看十指。動一動。右手的食指。動一動。左邊的小指。這根也動一動。這樣凝視半晌後，會覺得：「啊啊，我是真的。」其他的種種一切，皆如絲絲縹緲流雲，甚至是生是死，亦無法分明。

虧你，虧你啊！好意思談什麼感想。

自遠處眺望這種狀態的某男獨白：「非常簡單。自尊心。唯此而已。」

《作品》昭和十一年一月

論我的半生

出身背景與環境

我生在鄉下所謂的有錢人家。上有眾多兄姊，身為么兒，從小衣食無缺。因此養成不懂人情世故異常羞怯的性子。我總擔心自己這種羞怯的個性在他人看來說不定會以為我以此自傲。

我的個性軟弱幾乎難得與他人多做交談，因此我自知生活能力也幾近於零，自小至今一貫如此。因此我毋寧可稱為厭世主義，對於生活沒啥幹勁，只是一心渴望盡快逃離這種生活的恐怖。我從小一直在想的，都是如何告別人世的念頭。

我這樣的個性或許堪稱我有志於文學的動機。成長的家庭或親人乃至對故鄉的概念，總覺得似乎已在內心牢牢扎根難以動搖。

我在自己的作品中，或許看似炫耀自己生長的家庭，但反過來，我對家中事其實多有顧慮，幾乎只提及一半，不，甚至更羞於談論。

見微知著，我總覺得自己因此遭人指責、仇視，這樣的恐懼縈繞不去。爲此我刻意過著最下等的生活，或者刻意保持再怎麼污穢亦以平常心看待的心態，但我居然連腰帶都不會自己綁。

那似乎是旁人終究認定我傲慢自大的最大主因。但照我說來，那其實是我軟弱的主因，爲此不知有多少次都想把自己身上穿戴的東西全部拋棄送給他人。

即便拿戀愛來說也是，偶爾當然也會遇上女人主動示好，但我不希望別人以爲，我只是因爲生在有錢人家才得到女人的青睞，因此就連戀愛也曾多次主動放棄。

我的兄長如今是青森縣的民選縣長，只要跟女人這麼提一句，別人就會以爲我仗勢拐騙女人，所以我反而成天作戲似地，爲了讓自己看起來沒出息，付出堪稱愚蠢的努力。這點連我自己都吃不消，至今尚未發現解決之道。

文壇生活?……

我還在東大法文科瞎混的二十五歲當時，改造社發行的《文藝》雜誌叫我寫點短篇，那時，我把手邊現有的〈逆行〉這個短篇寄去。兩三個月後我的名字竟以大字與其他文壇前輩一同刊登在報紙廣告上，後來更入選第一屆芥川獎決選名單。

就在那篇〈逆行〉之後不久，我又在同人雜誌《日本浪漫派》發表了〈道化之華〉。受到佐藤春夫[1]老師的讚揚，之後，得以在文學雜誌上陸續發表作品。

於是我自己也開始懷抱一絲冀望，心想自己或許也能過起文壇生活，以寫小說糊口。若就年代而論大約是昭和十年左右。

回顧起來，對於秉持某種明確動機有志文學這種事，我根本不懂，甚至可

---

1 佐藤春夫（1892-1964），日本小說家、詩人。曾於一九二〇年照訪臺灣，之後以臺灣為題材著有《殖民地之旅》。

以說毫無意識，就在不知不覺中走入文學的原野。霍然回神彷彿前有去路千里，後有歸路千里，兀然佇立在一望無際的文學原野中，這才大驚失色——我想這樣的說法比較接近眞相。

前輩・喜歡的人

我一心結交的前輩可以說只有井伏鱒二[2]氏一人。另外評論家當中的河上徹太郎、龜井勝一郎，這些人也因《文學界》的關係成了酒友。至於更年長的前輩，稱之爲交友或許失禮，有幸前往府上拜訪的有佐藤老師以及豐島與志雄老師。而井伏先生，我與內人的婚姻就是他作的媒，因而關係特別親近。

提到井伏先生，初期《深夜與梅花》這本書的諸篇作品，讀來字字珠磯。還有嘉村磯多[3]也是我從以前就覺得很了不起的人。

這或許是個性軟弱者的特徵，對於人們大肆騷動或尊敬的作品，基本上會先抱持疑問。

在明治文壇，我認爲國木田獨步[4]的短篇非常出色。

至於法國文學，談到十九世紀，一般人似乎有種古怪的常識，彷彿以為如果不對巴爾扎克、福樓拜[5]這種所謂的大文豪心悅誠服，就不配當文人。但我對那種大文豪的作品，其實不太喜歡。反而私下嗜讀繆塞[6]、都德[7]之類的作品。對於俄國的托爾斯泰、杜斯妥也夫斯基，大家同樣有種常識認定如果不表示嘆服就不配當文人。或許真是如此，但我個人還是比較欣賞契訶夫[8]之流，尤其是普希金[9]，堪稱俄國第一人。

2 井伏鱒二（1898-1993），日本小說家，一九六六年獲頒文化勳章。
3 嘉村礒多（1897-1933），日本私小說家。
4 國木田獨步（1871-1908），日本小說家與詩人。
5 福樓拜（Gustave Flaubert, 1821-1880），法國現實主義作家，著有《包法利夫人》。
6 繆塞（Musset, 1810-1857），法國浪漫主義作家。
7 都德（Alphonse Daudet, 1840-1897），法國著名現實主義小說家。
8 契訶夫（Anton P. Chekhov, 1860-1904），俄國批判現實主義作家。
9 普希金（Aleksandr Pushkin, 1799-1837），俄國著名文學家、詩人。

吾非怪人

上個月《小說新潮》的文壇聚會「話之泉」會上，我被稱爲怪人，好像覺得我綁了什麼怪腰繩似的。我的小說也被評爲只不過是突梯古怪，令我暗自憂鬱。被世人譏爲怪人或奇人者，往往意外地怯懦膽小，多半只是爲了保護自己才故作古怪。可能還是對生活欠缺自信的表現吧。

我不認爲自己是怪人，更非怪男人，只是一個異常普通，對舊道德非常堅持的男人。可是，似乎有許多人以爲我完全漠視道德倫理，其實正好相反。

然而，正如我前面也提過的，正因個性軟弱所以至少必須承認那種軟弱本身。況且我也無法與人爭論，雖說這也是我的弱點，但我總覺得多少也包含了自己的基督教主義精神。

談到基督教主義，我現在住的是名符其實的破屋。我當然也想住一般人的好房子。有時也覺得孩子可憐。但我就是無法住好房子。那並非從無產階級意識或無產階級主義學來的，好像只是因爲頑固地認定耶穌基督說的「汝當愛鄰人如愛己」那句話。但最近我深深感到，愛鄰人如愛己，實在不易做到。人都是一樣的。這種思想恐怕只會逼人走上自絕之路。

對於耶穌基督的「汝當愛鄰人如愛己」這句話，我一定是理解錯誤吧。那應該有別的意思吧。當我這麼想時，我想起「如愛己」這幾個字。還是得愛自己。如果討厭自己，或者虐待自己來愛別人，那當然只能自殺，這點我雖然已隱約發現，但那只是理論上。我對世人的感情還是常感羞怯，懷著不得不矮人一截走路的實感活到今天。在這種地方，似乎也有我的文學根源。

另外我也深深感到社會主義果然是正確的。如今似乎總算是社會主義當道，片山總理[10]之流成爲日本的領袖，雖覺或許值得欣喜，但我還是一如以往，不，甚至必須過著比以往更不堪的生活。想到自己這種不幸，難道自己一輩子都不可能幸福嗎？這不是多愁善感的情懷，最近我感到特別明瞭。

這麼東想西想就忍不住要喝酒。我不認爲酒可以左右自己的文學觀與作品，但酒非常動搖我的生活。之前也提過，我就算與人見面也口齒笨拙，事後

10 片山哲（1887-1978），日本政治家、律師、第46任日本內閣總理大臣。

總是很懊惱應該怎樣怎樣說才對。每次與人會晤時幾乎總是頭昏腦脹，偏又生就非說不可的性子，因此往往忍不住喝酒。也因此一再殘害健康或導致經濟困窘，家庭總有貧寒之貌。睡過一覺後雖也曾亟思種種改進之道，但這種毛病好像已經到了至死方休的地步。

我已經要三十九歲了，想到今後還要在世間苟活，只能爲之呆然，毫無自信。因此，有時不免覺得，膽小如我，還要養活妻小，毋寧堪稱悲慘。

《小說新潮》昭和二十二年十二月號

心之王者

前幾天，三田的二個年輕學生來我家。不巧我身體不適正在睡覺，我先聲明只能談一會兒，這才離開被窩，在睡袍外披上大外褂，會見他們。二人都相當有禮貌，而且很快結束會談，迅速離去。

簡而言之，他們的來意是要邀我在這份報紙寫隨筆。在我看來，他們都是頂多十六、七歲的敦厚少年，但他們其實已年過二十吧。總覺得，最近，我越來越不會判斷別人的年齡了。無論是十五歲、三十歲或四十歲，甚至五十歲的人，都一樣會生氣，一樣會大笑，也同樣有點狡滑，同樣軟弱卑微，實際上，若單看人的心理，年齡的差距云云往往夾纏不清難以辨別，變得一點也不重要。就像前幾天那二名學生，看似十六、七歲，但觀其說話態度，也有小小的心機，某些地方也相當老成。說穿了，身爲報社編輯已自成一家。二人離去後我脫下大褂，又鑽回被窩，之後思忖半晌。對於當今的學生諸君，不禁心生憐憫。

學生不屬於社會的任何部分。而且，我認爲也不該屬於。我頑固地堅信，學生本該是披著青色斗蓬的哈洛德貴公子[1]才對。學生是思考的漫遊者。是晴空的流雲。不該成爲編輯。不該成爲公務員。不該成爲學者。若成爲老成的社會人，對學生而言是可怕的墮落。這大概不是學生自己的罪過。肯定是被誰如此安排的吧。所以我才說憐憫。

那麼學生本該是何種面貌？做爲答案，且讓我爲諸君說一篇席勒[2]的敘事詩吧。諸君該多看看席勒才是。

在當今這種時局，更該多看看此人的作品。即便是爲了繼續保持寬容、堅強的意志，以及開朗崇高的希望，諸君現在也該想起席勒，愛讀此書。席勒的詩中，有一篇很有意思，名爲〈地球的分配〉，大意如下：

「接受這個世界吧！」天神之父宙斯自天上號令凡人。

「收下吧，這是屬於你們的。我把這當作遺產，當作永遠的領地，送給你們。來吧，你們自己好好分配。」

眾人聞之，當下爭先恐後，舉凡有手之人皆四處奔走，搶奪自己的那一份。農民在原野打樁劃分界線，開墾該處闢爲田地時，地主伸出手，叫囂道：「收穫七成都是我的。」商人則在倉庫堆滿貨物，長老搜羅珍貴的陳年葡萄酒，貴族在青翠的森林周圍立刻拉繩圈地，當作自己狩獵與幽會的享樂場所。市長奪取市街，漁人定居水邊。當一切分配都結束後，詩人才姍姍來遲。他是從遙遠的彼方趕來的。啊呀，此時已不剩任何東西，所有的土地都已貼上持有人的標籤了。

「太過分了！爲何只有我一人，遭到大家排擠在外。我才是您最忠實的兒子吧？」詩人大聲訴苦，投身在宙斯的寶座前。

「誰教你自己在夢鄉踟躕，」天神打斷他的話。「你可不能埋怨我。當大

1 Childe Harold，典出英國詩人拜倫的長篇敘事詩《*Childe Harold's Pilgrimage*》。
2 席勒（Johann Christoph Friedrich von Schiller, 1759-1805），德國詩人。

家瓜分地球時，你到底在何處？」

詩人回答：「我在您的身旁。我的目光只停留在您的臉上，耳朵只聆聽天上的音樂。請體諒我這顆心。我陶然沉醉於您的聖光，以至忘了地上的事。」

宙斯這時慈愛地說：「該怎麼辦才好呢？地球已經分給大家了。秋天、狩獵、市場，都已不屬於我。你想見我時，不妨常來這天上。此處將爲你空著！」

如何？學生本來的面貌，肯定就是這神的寵兒、這詩人的模樣。至於地上的營生，縱使沒有任何值得誇耀之處，憑著自由高貴的憧憬亦可時時與神同住。

諸君要自覺此種特權。要爲這特權感到驕傲。這可不是永遠擁有的特權喔。啊啊，那爲時甚短。要好好珍惜那段期間。切勿玷污自身。至於地上的分配，等你們自學校畢業後，就算不願意也得參與分配。可以當商人。可以當編輯。也可以當公務員。但是，能夠與神並肩坐在神的寶座上的，唯有學生時代而已。時光不會二度重來。

三田的學生諸君。諸君歌詠「陸之王者[3]」時，務必也要暗自以「心之王者」自任。與神共度的時期，在你們的人生中僅此一次。

《三田新聞》昭和十五年一月

3　慶應大學學生的自稱。源自堀內敬三為慶應所寫的應援歌歌詞。三田乃慶應校區所在地。

作家肖像

隨便寫個十頁隨筆當然不是問題，但這個作家，到今天爲止已連續沉吟三日，寫了沒多久便撕掉，再寫，然後再撕掉，日本現在正是紙張短缺的時候，這樣撕紙太浪費，連自己都有點忐忑不安，卻還是忍不住撕掉。

我說不出口。說不出想說的。什麼話能說、什麼話不能說，這個作家，就是分不清其中的區別。所謂「道德的適性」，至今好像還沒搞懂。想說的話，堆積如山。其實，很想一吐爲快。這時，忽然聽到某人的聲音，「不管說什麼，你啊，到頭來不過是在替自己辯護吧。」

不對！才不是替自己辯護。我雖然急忙如此否認，但心中一隅，卻也不禁心虛地承認，說不定眞有這回事，我把寫到一半的稿紙撕成二半，再撕成四半。

「我想，我或許不擅長寫這種隨筆。」我開始寫，然後又寫了一點，撕破。「我或許還寫不出隨筆。」我寫道，又撕掉。「因為隨筆不容許虛構，」我寫到一半，慌忙撕掉。有件事不吐不快，偏偏就是寫不出來。

我只想針對目標對象，準確無誤地命中，至於其他的好人，我不想給他們沾上丁點塵埃。我很笨拙，一旦採取什麼積極的言行，必定會無謂地傷人。在友人之間，我的名字，成了「熊爪」。明明抱著愛撫的打算，卻一抓就傷了人。看了塚本虎二[1]氏的〈內村鑑三[2]的回憶〉，文中有這麼一章，

「某年夏天，在信州的沓掛溫泉，老師開玩笑將溫泉潑向我的小孩，小孩當下哇哇大哭。老師面露悲傷，說道：『我的所做所為總是如此。一番好意反招嫌棄。』」

我看了之後，好一陣子，痛心難忍。我想丟石子到河對岸，一伸展雙臂，手肘立刻打到站在旁邊的佳人，佳人尖叫，嚷著好痛。我冷汗直流，不管再怎麼辯解，佳人還是滿臉不悅。也許我的手臂，比別人長一倍。

1 塚本虎二（1885-1973），為內村鑑三的高徒，也是日本當代著名的聖經學者。
2 內村鑑三（1861-1930），無教會派基督教傳道者、評論家。在日俄戰爭時提倡非戰論。

隨筆與小說不同，作者的話語也是「生鮮的」，如果下筆不小心點，甚至會傷害無辜的鄰人。其實絕非在說那個人的事。說得誇張點，我向來都是在向上天報告「人間歷史的眞相」。絕無私怨。但是，我這麼說，別人又會發笑，不肯相信我。

我懷疑，自己或許太天眞。說來，我等於是個「觀念狂」。一舉一動，無不以觀念爲先。即便要徹夜喝酒，也得找個理由再喝。昨日也是，我去阿佐谷喝酒，其中，有這麼一段經過。

我本來正在寫要給這家報紙（都新聞）的隨筆。雖然有話想說，但就是說不出口，這如果不是隨筆而是小說，那我要怎麼天馬行空地發揮都行，所以我從一個月前便興致勃勃地開始反芻腹案中的短篇小說，打算要寫就寫成小說，一吐現在的鬱屈心情。在那之前，我想愼重地擱著。現在即便以隨筆發表其中一端，也會因說明不足，遭人誤解，被人逮住話柄攻擊，甚至引起爭執，那就沒意思了。我只想自重。因此在此只能設法裝傻，

「本日天晴，姑且出門散步，紅梅早開，天地有情，春色果然再來。」

我也考慮過，就用以上這種筆調含糊到底，但我太笨拙，天生就是不懂得掩藏感情。一有開心的喜事，便忍不住笑嘻嘻。犯下無謂的失敗時，也總會流露鬱鬱寡歡的表情。要裝傻，對我而言難如登天。於是我這麼寫：

「即便沒有任何人予以肯定，自己一個人，還是努力試圖走上一流之路。因此每日，不得不費盡無謂的辛苦。有時連自己也覺得可笑。也曾獨自面紅耳赤。」

雖然毫不走紅，但自己卻自以為是大人物，無論出處進退素來謹言愼行不敢大意。大事之前的小事，尤需戒心。切不可為無聊瑣事蹉跎。行住坐臥縱然有不愉快，也得淡然以對，一笑置之。「現在不就要寫出傑作了嗎，云云，」以這種一本正經的口吻，陳述愚蠢的感慨。我懷疑這樣是否不太聰明。

偶爾有報社邀我寫隨筆，於是發奮提筆，但這也不行那也不行，一再撕毀，區區十張前後的稿子，卻沉吟了三、四天。好像想寫出什麼足以令讀者拍案叫絕的精彩隨筆。沉吟過度，漸漸的，反而變得腦中一團漿糊。甚至不再明白，所謂的隨筆，究竟是什麼東西。

我搜尋書箱取出二本書。是《枕草子[3]》與《伊勢物語[4]》。打算藉此觀摩日本自古以來的隨筆傳統。我是個事事愚鈍的男人。

到此爲止，算是沒有大過，「但是——」接著又寫一張時，啊，這樣不行，慌忙撕掉。緊接著，差一點就不慎洩漏大事。

我打算寫一篇短篇小說。在那個寫好之前，關於我個人，不想給人造成任何印象。此事相當麻煩。同時，也是奢侈的嗜好，這個，我自己也知道。但是，如果可以，我想盡量隱藏到小說完成時。我想裝傻到底。對我這種單純的人而言，此舉甚難。昨日我也很煩惱。難道就沒有什麼信手拈來的隨筆材料嗎？該寫死去的友人？還是寫旅行的事？或者寫日記？日記這種東西，我從未寫過。因爲我不會寫。

一天之中發生的種種，該省略何者，該記載何者，我不知取捨的限度何在。索性一鼓作氣，全部都一五一十寫出來，這麼一整天下來，恐怕已經累垮了。我想正確書寫，所以想盡可能把入睡前的每一樁事都寫下，但那樣，其實會很麻煩。況且，日記這種東西，是該一開始就考慮到公諸於世的那天，還是該只寫給神與自己看，關於那方面的心態拿捏，也很困難。結果，雖然買來日記本，卻只拿來畫漫畫或記錄友人住址，根本無法記下每日發生的種種。但是，家人好像習慣在小本子上寫日記，所以我決心借來，在上面加上我個人的注釋。

「妳好像在寫日記對吧。借我一下。」我用漫不經心的語氣說，但家人不知何故，竟死都不肯答應。

「不借給我也沒關係，但是，那樣我就非喝酒不可了。」

這個結論看似唐突，實則不然。除此之外，我已別無他途可以逃離這篇隨筆。我是有正當理由的。我決定若無理由絕不飲酒。昨日，正是因爲有這樣的理由，才會一臉嚴肅地跑去阿佐谷喝酒。在阿佐谷的酒館，我本來非常小心地喝酒。因爲我現在胸懷大事，不能大意輕忽。我效法文壇大老的那種鎭定，本來是安靜喝酒，可一旦喝醉後，就完全失控了。

---

3 平安中期的隨筆集，清少納言作。

4 平安初期以和歌為主的短篇物語集，作者不詳。

面對二個看似不務正業的客人，「愛是什麼。你懂嗎？愛，是義務的行使。可悲吧。也有人說，愛，是道德的固守。更有人說，愛，是肉體的擁抱。這些話都值得一聽。或許的確如此。或許講得很正確。但是，還有一樣，還有一樣別的存在。你知道嗎？愛是——其實我也不知道。要是知道那個啊，哪……」云云，已經顧不得什麼大事了。盡說些無聊話，最後好像爛醉如泥。

《都新聞》昭和十五年三月

義務

義務的行使，不是普通小事。但是，非做不可。

爲何而活。爲何寫作。對現在的我而言，我只能回答，那就是爲了盡義務。似乎不是爲錢而寫。似乎也不是爲快樂而活。

數日前也是，我獨自走在野道上，驀然想到：「所謂的愛，到頭來不也是在盡義務嗎？」

坦白說，我現在，對於要寫五張隨筆，深感痛苦。打從十天前，我就在想該寫什麼才好。爲何沒有推拒？因爲受人之托。對方來信，要我在二月二十九日之前寫五、六張。我不是這本雜誌（文學者）的同人。而且，將來也不打算成爲同人。同人大半都是我不認識的人。所以，其實沒有一定要寫的理由。

但是，我還是做出肯定的回覆。好像並不是爲了賺稿費。也無意討好諸位同人前輩。在我能寫的狀態時，若有人邀稿，此時就非寫不可——我是基於這條戒律才回覆「我願意寫」。在能夠付出的狀態時，若有人請託，必得付出——一如這條戒律。

看來，我文章所使用的vocabulary都很誇張，也因此，招來人們的反彈，但我繼承了「北方農民」的血統，似乎具有「天生大嗓門」的性情，就這點而言，諸位不需無謂地提防。連我自己，都漸漸不懂自己在說什麼了。這可不行。還是趕緊坐正吧。

基於義務，我書寫。前面也提過，在我能寫的狀態時。那並非唱高調。換言之，我現在鼻塞感冒，還有點發燒，但不至於臥床不起。也沒有病到不能寫稿。是能寫的狀態。而且，我到二月二十五日已做完這個月的預定工作。二十五日至二十九日之間，沒有任何約好的工作。這四天之中，區區五張，我應該寫得出來。是能寫的狀態。所以我不寫不可。

我現在，是爲義務而活。是義務，支撐我的生命。做爲我個人的本能，死亦無妨。無論是死，是生，是病，我想都沒有太大改變。然而，是義務，不讓我死。是義務，命我努力。無休無止，命我更加、更加努力。我踉蹌站起，努力奮鬥。我不能輸。就這麼單純。

在純文學雜誌寫短文是最痛苦的事。我是個很矜持的男人，（活到五十歲，這種矜持應該也會變得比較不怪異吧。無論如何，我希望能夠達到無我無心去寫作的境界。那是我唯一的期待。）區區五、六張隨筆中，我努力試圖把想法全部寫進去。那似乎難以達成。我總是失敗。而且，偏偏這種失敗的短文，似乎更常被前輩、友人看到，一再受到忠告。

畢竟，我還沒有整理好心境，還不夠資格寫什麼隨筆。也難怪。這五張隨筆也是，自從回覆要寫後，整整十天，我一直在取捨該寫的材料。不是取捨。是一直捨棄。那也不行，這也不好，一直拼命捨棄，最後終於一無所有。

小小的座談還好說，但若在純文學雜誌上嘮嘮叨叨寫什麼「昨日，種植牽牛花有感」，再一字一字讓排版工人依樣撿字排版，編輯依樣校正，（校正他人的無聊囈語，相當痛苦。）然後擺出店頭，一個月之內，從早到晚都是種植牽牛花、種植牽牛花，在雜誌一隅一而再再而三地重述，實在難以忍受。

報紙只有一天的效應，所以還好些。若是小說，想法可以盡情一吐為快，所以即使在店頭叫囂一個月，也有不害臊的覺悟；但是，要我在店頭囈語牽牛花有感整整一個月，我實在沒那個勇氣。

《文學者》昭和十五年四月

一天的勞苦

一月二十二日。

本來打算將這篇題目定爲日日告白，但忽然想起「一天的勞苦一天當就夠了」這句話，於是決定直接寫出一天的勞苦。

我過著理所當然的生活。沒有任何特別値得報告之事。

沒有哪個演員沒有舞台。那很滑稽。

最近，我漸漸對自己的苦惱感到自戀。我感到無法完全報以自嘲。有生以來，這是頭一遭。關於自己的才能，我漸有明確客觀的把握。也發現對自己的知識太粗糙看待。不開玩笑，我眞的開始覺得，讓這樣的男人，老是遊手好閒，未免浪費。有生以來，頭一次，我得知自愛這個名詞的眞意。利己主義，正雲消霧散。

只剩善意。這種善意，並不尋常。只剩下老實。這也同樣不尋常。說這種話的天眞，同樣地，也不尋常。

這個不尋常的男人，一旦奮起，啥也沒有。沒有任何該做的事。沒有任何線索。只能苦笑。

已打消發表文章的念頭，還繼續工作，並不代表作者是好人。這樣更甚惡魔。相當可怕。

盡說無聊話。訪客受不了，開始準備離開。我倒也不會挽留。對於孤獨，自認早有覺悟。

想必會有更猛烈的孤獨降臨吧。沒奈何。老早就有腹案的長篇小說，也該動筆了。

眞是猥瑣的男人。這種猥瑣不可畏懼。我從自己的笨拙得到成功。過去，排斥與反抗是作家修煉的第一步。嚴格的潔癖反而値得慶幸。完成與秩序才是心之所向。於是，藝術枯萎了。象徵主義，就是枯死瞬間前的美麗花朵。愚人們殉身在這神壇下。

而我，雖然遲了一步，也在這神壇下凍死。自以爲已死，但這粗脖子的北方農民，一邊嘀嘀咕咕，居然又緩緩爬起來了。我大笑。農民很不好意思。
農民非常困擾，一時之間，慌忙裝死，但一切都錯了。
農民很痛苦。不爲人知的痛苦。這種懊惱啊，謝謝。
我發覺自己的年輕。發覺這點時，我獨自流淚大笑。
取代排斥的，是親和，取代反省的，是自我肯定，取代絕望的，是革命。一切突然來個急轉彎。我，是單純的男人。
浪漫的完成或浪漫的秩序這種概念，會拯救我們。將討厭的、不喜歡的事物，仔細整理一一努力排除的過程中，一天就過完了。不必憧憬希臘。這已經擺明了不會再來人世第二次。非死心不可。非捨棄不可。啊啊，古典的完成，古典的秩序，我要向你，懷著苦得要死的思戀之情敬禮。並且說一聲：永別了。
古時，在《古事記》[1]的時代，所有的作者，同樣也是作中人物。對此，

1 奈良時代的歷史書，共三卷，記錄神代至推古天皇的古事，因而名之。

心無芥蒂。日記，直接就是小說，是評論，是詩。

在羅曼史的洪水中成長的我們，只要這樣走下去就行了。一天的勞苦，直接就是一天的收穫。「莫煩惱。且看天上的飛鳥吧。不播種。不收割。不儲藏。」

直到骨子裡都是小說風格。對此只能啞然。無性格，很好。卑屈，可以。女性化，是嗎。復仇心，很好。得意忘形，更好。怠惰，很好。怪人，很好。妖怪，很好。什麼對古典秩序的憧憬或訣別，一切，照單全收，概括承受，繼續向前走。

這裡有生長。這裡有發展之路。稱之爲浪漫的完成，浪漫的秩序。這，是嶄新的。如果掛了鎖鍊，那就帶著鎖鍊走。如果被綁在十字架上，那就背著十字架走。如果被關進監牢，毋需打破牢房，直接帶著牢房走。

不能笑。我們除此之外已別無生路。現在，即便笑得那麼厲害，總有一天，你會明白。之後，不是做敗北的奴隸，就是滅亡，非此即彼。

我說漏了。這是觀念。是心態問題。日常坐臥，都該充分聰明地小心提防。

你太會問問題，害我不小心說出要緊事。這可不行。多少，有點不愉快。

那我問你，唯有聖保祿才能談論的人類愛情那種纖細，你可明白。

總覺得，非常不愉快。察覺我自己努力試圖讓你稍有了解的焦慮，我變得如此不悅。我自身的孤獨破綻令我不快。到此地步，浪漫的完成，雖是自己開口的，卻變得十分可疑。忽有聲音響起，連那種可疑，概括在內，這稱爲浪漫的完成。

我是好事者。很好奇。生活就是作品。拉拉雜雜。我寫的東西，無論是何種形式，那應該都是誠實面對我的全部存在。這種安心，很不得了。已經完全固定下來。自己也覺得受不了。可是也沒辦法。

說一件事讓你笑一下吧。這話得小聲說，最近，我好像有點過胖。

營養太好了。體型過大，令我暗自啞然。也許是大器晚成。某位友人，贈上銅像演技（statue play）這句讚辭。沒有合適的舞台。因爲會把舞台踩破。不知野外劇場如何。

說到演員，我舉彥三郎[2]爲例，令訪客大笑，同時卻又小聲嘟囔，「惡魔獨自啜泣。」此人相當難纏。

作家，就該寫羅曼史。

《新潮》昭和十三年三月

2 坂東彥三郎，歌舞伎名角。

答案落第

「談小說修行」這個題目，令我至感困惑。彷彿參加就業考試，卻碰上小學算術的題目，著實狼狽不堪。無論是算出圓面積的公式，或是雞兔同籠的應用問題算式，不耐煩的話索性用代數計算也可以解答，有點像是那種困窘的模樣。

種種複雜與尷尬，令我深感羞恥。

彷彿並肩站在起跑線，還沒鳴槍便已搶先偷跑，連裁判制止的聲音也充耳不聞，拼命跑了又跑終於跑完百米，得意洋洋地衝向終點，朝著攝影組咧嘴一笑，等待鎂光燈亮起，沒想到狀況不太對勁，一聲喝彩也沒有，全場的人都一臉同情地看著這位選手。選手這才發覺自己的失誤，既丟臉，又難受，簡直不值一提。

我再次垂頭喪氣折返起跑點，全身疲累無力，頻頻喘氣，一邊在起跑線站好。做爲偷跑的處罰，我必須從其他選手後方一公尺處起跑。

「預備！」裁判冷酷的聲音，再度響起。

我搞錯了。這場比賽，並不是一百公尺賽跑。是一千公尺、五千公尺，不不不，是距離更長的馬拉松。

我想贏。醜陋地使出全副精力，弄得如此精疲力竭，但是，我是選手。是不贏就活不下去的單純選手。可有哪位高邁之士，願爲這不被看好的選手聲援一下？

前年，我替我的生涯敲響警鐘。我以爲我會死。我深信不疑。我相信命中注定非這樣不可。我替自己的人生預言。我冒瀆了神。

以爲我會死的，不只是我。醫生，也這麼想。家人，也這麼想。友人，也這麼想。

然而，我沒有死。我一定是神的寵兒。神不讓我如願死去，卻賜予我現世的嚴肅苦痛。我越變越胖。毫不討喜，只是個體型笨重、面貌醜陋的三十歲男子。這個男人，被神丟入世人的嘲笑、指責、輕蔑、警戒、非難、蹂躪與默殺的火燄中。男人在那熊熊火燄中，扭動片刻。痛苦的叫聲，只會令世人的嘲笑更大聲，因此男人抹殺一切表情與言語，就這樣，只是如蟲子一般，默默蠕動。可怕的是，男人越來越堅強，再也不剩絲毫天眞。

正經。變得異常正經。於是，再次站上起跑點。這位選手，有奪標的希望。競賽，是馬拉松。在一百公尺、二百公尺的短距離競賽，這位選手已毫無希望。腳太沉重。看啊，那種笨重模樣，宛如老牛。

說變就變。若是五十公尺競賽，至少本世紀，無人能打破他的記錄，支持者如此囁語，選手自己也暗自同意這句話。這就是那俊敏如鷹隼的太宰治這位年輕作家的再生模樣嗎？腦袋不聰明，文章拙劣，毫無學問，事事笨拙，還有雙熊爪，再加上相貌醜陋，唯一的長處，只有身體還算結實。

說不定，意外長壽。

這麼愚蠢的文章再寫下去，沒完沒了。還是來談個有用的話題吧。

有用或無用，這種說法也很奇怪，據說以前發明發電機帶來種種好處後，某位貴婦人曾問：「但是博士，就算產生了那什麼電力，又能怎樣？」博士啞然，只好回答：「夫人，請妳問問剛出生的嬰兒能夠建設什麼？」然後就此落荒而逃。數千萬年前的世界，有些什麼樣的動物，一億年後這個世界會變成怎樣，那種話題，究竟是否有用？我認爲是有用的話題。

Vanity。切不可仇視這種強悍。虛榮，到處皆有。僧房中也有。牢獄中也有。甚至墓地也有。切不可對此視而不見。不妨坦誠面對，與自己的虛榮對談。我無意指責人的虛榮。我只是想說，請對鏡仔細瞧瞧自己的虛榮心。看了之後，毋需勉強把結果告訴旁人。沒必要說。但是，起碼有必要找一次機會好好對著鏡子看清楚。一旦看過，那個人，想必會變得深思熟慮。想必會懂得謙讓。想必會開始考慮神的問題。

再強調一次。我並不是說虛榮不好。在某些場合，那與生活意欲息息相關。也與高度寫實相關。甚至與愛情相關。我只是覺得很不可思議，許多思想家，即便談論信仰與宗教，爲何卻不肯誠實觸及更切身的現世虛榮。巴斯卡[1]，倒是有一點。

虛榮，是可悲的。是引人懷念的。也因此，令人啞口無言。
那很漫長。是超大型馬拉松。別急著現在就一次解決所有問題。慢慢來，
一天又一天，至少讓自己無悔地度過。幸福，或許，會遲到三年來臨。

《月刊文章》昭和十三年七月

1 巴斯卡（Blaise Pascal, 1623-1662），法國的數學家、物理學家和哲學家。著作《沉思錄》深刻影響了後世的浪漫主義、直覺主義與存在主義。

誠實筆記

且容我誠實道來。我，對於今後要寫的小說，以及過去寫的小說的意圖、願望、乃至苦心，其實不太想談。我想，那並非出於我的倨傲。寫完之後，就算對方不接受，也已無可奈何，至於今後要寫的小說，就算談論得再怎麼熱情，但我心知肚明，目前爲止我還寫不出那麼優秀的大傑作，對於自己現在身爲作家的力量，也大致有自知之明，更何況，我現在必須更誠實才行。聽到許多作家天眞無邪地傾訴自不量力的抱負，我很羨慕那些人，深深感到活著很痛苦。你懂嗎？但是，我絕對無法抗拒那些作家。

就連我，服藥時，首先，也會詳細閱讀藥品附帶的藥效說明書，連英文的部分都憑著三腳貓的語文程度努力解讀，然後浮現愉快的微笑，服用那品質優良（上面是這麼寫）的藥品，陷入錯覺自以爲功效馬上就會出現，並且爲之滿足。沒有藥效說明書的藥品，如同無弦的小提琴，總讓人坐立不安。藥效說明書，想必是不可欠缺之物。

但是，論及藝術是否是藥物，不免有少許疑問。不妨想想附帶藥效說明書的蘇打水吧。不妨想想據說對胃有益的交響樂吧。去看櫻花，應該不是爲了治療蓄膿症吧。

我啊，甚至這麼想：企求藝術附帶意義與利益效用說明書的人，反而是對自己的生存欠缺自信的病弱者。活得強悍的職工、軍人，恐怕才是眞正純粹自在地享受藝術、享受美感吧。

「大仲馬[1]不是很有趣嗎。波特萊爾[2]的詩，也挺特別的。上次，該怎麼說呢，我試讀了一下史尼茲勒[3]這個人寫的短篇，他的文筆，很不錯呢。」像這樣，毫不做作，坦然享受文學。對這種人來說，效用說明書似乎沒什麼必

1 大仲馬（Alexandre Dumas, 1802-1870），法國大文豪，著有《三劍客》、《基督山恩仇記》等。

2 波特萊爾（Charles Baudelaire, 1821-1867），法國現代派詩歌的先驅，開創了法國近代詩歌的新時代，著有《巴黎的憂鬱》等。

3 史尼茲勒（Arthur Schnitzler, 1862-1931），奧地利劇作家、小說家。

要。眞令人安心。需要效用說明書的，只有你們（敬請見諒）這些病弱者。拜託振作點。

我或許是不親切的醫生。我從未講過我的作品是傑作。也沒講過是劣作。因爲我知道，那既非傑作，也不是劣作。或許有一點點不錯。但是，到目前爲止，我沒寫過一篇傑作。這點，千眞萬確。

不久前，我也與某位前輩談過，實際上，如果我曾寫過任何一篇能夠讓自己全心全靈徹底信服的作品，或者，若有那種自信能夠立刻寫出，我又怎會這樣像溝鼠一樣倉皇打轉。無論在銀座，在議事堂前，在帝大校園內，好像總是無法光鮮體面地堂堂走在人前。暫時，我恐怕不行吧。

我這麼一說，那位前輩問道：「原來如此，那麼閣下的代表作呢？」我只能不勝唏噓地回答：「這個嘛，若是能謙虛回答櫻桃園、三姊妹[4]之類的，該有多好啊。」

《帝國大學新聞》昭和十四年五月

[4] 皆為契訶夫的作品。

創作餘談

編輯來函，要我寫一點兒所謂的創作餘談。對方的語氣多少有點害羞。被這麼一說，該害羞的，其實是作者。這個作者，幾乎還沒沒無聞，別說是創作餘談了，就連創作本身都差點迷失，繼而追逐，思索，背離，某日又重新奮起，讀書，當下爲之激憤，徘徊巷里，邊走邊賦詩一篇什麼的，正因是這種不值一提的三流文學書生狀態，說到創作餘談，實在無法靈巧地效法那種以老師自居的苦心談，大書特書。

想想其實也做得到，但我故意說做不到。硬著頭皮也要這麼說。因爲我頑固地相信非打破文壇的常識不可。常識，是個好東西。當然該遵從。但是，常識每過十年便有飛躍性的突破。關於人世諸現象的把握，我支持黑格爾[1]老

1 黑格爾（Georg Wilhelm Friedrich Hegel, 1770-1831），德國著名哲學家。

師。

其實，本來想說馬克思、黑格爾兩位老師，不不不，好像也該加上列寧老師。但這位作者，本來就對言行一致抱有異樣的堅持，不不不，也不能這麼說，這位作者，本來就偏愛悲慘，放眼安心立命的境界，一切視爲崩壞的前提。

啊啊，後面沒講完的話，諸兄之中，有心人，請自行接下去。

如此這般，作者，很懶。很狡滑。似乎已至軟硬不吃的難纏境地。

可恨嗎？

應該不至於憎恨吧。我只是用最適合當今世間的說法，告訴諸兄。我愛現在的這個現實。愛這玩笑竟成眞的現實。

懂嗎？不愉快嗎？

你自己，必須察覺自身是不愉快的存在。你，是無力的。

非難，來自自身的軟弱。撫慰，來自自身的強大。毋需感到羞恥。

我想看不是自我辯解的文章。

作家這種人，非常愛面子，明明是私下嘔心瀝血的作品，偏要誇示是不費力氣信手拈來。

如果我說，我的第一本短篇集《晚年》共二百四十一頁，只費了三夜寫成，諸兄不知會作何表情。反之，如果我不勝謙卑地說，那本書費了我整整十年功夫，諸兄又會作何表情。這方面的態度，我希望弄清楚。究竟是天才的奇蹟，還是犬馬之勞。

不巧的是，以我的情況，別說是犬馬之勞了，容我說句掃興的話，簡直是人糞之勞，汗流浹背，好不容易才寫出二百多頁。而且，還不能說是獨力完成。在數十位有智慧的先賢帶領下，幾乎是從基礎開始學起，就這樣，總算勉勉強強完成一卷。

有趣嗎？

玩笑好像有點開得過火了。我現在，端坐桌前，說穿了，是一臉嚴肅在寫這篇文章。為了完成此文，我應該已深思了三晚。我針對世間常識想過。我們完全是下一個時代的作家。這點還眞不能不信。不這麼試著努力不行。意之所在，諸兄想必也能領會一二。

這陣子，我在看大仲馬的作品。

《日本學藝新聞》昭和十二年十二月

沒自信

本報（朝日新聞）的文藝時評欄，長與老師[1]以我的劣作爲例，指摘現代新人的通性。

「對於其他新人諸君，我深感責任，所以不得不說句話。自古以來一流作家的作品中心思想判然可見，實感極強，因此具有難以動搖的自信。反觀當今新人，在那基本的中心思想上欠缺自信，立基不穩。」——這番批評，的確是一針見血，非常中肯。

我很想有自信。

但是，我們無法具有自信。爲什麼呢？我們絕非怠惰。也沒有過著無賴生活。照理說也在悄悄讀書。但是，越是努力，就越沒自信。

1 指小說家兼評論家長與善郎。

我們並未四處找原因，企圖把過錯轉嫁給社會。我們很想在這個世紀，坦誠肯定這個世紀的樣貌。大家都很卑屈。大家都是牆頭草主義。大家都飽嘗「膽小之苦」。但是，我們壓根不認爲那是決定性的污點。

我認爲，現在是大過渡期。我們暫時無法擺脫欠缺自信的問題。不管看誰的臉，都很卑屈。我們想對這種「沒自信」珍而重之。不是因爲卑屈的克服，我祈求，自卑屈的坦誠肯定之中，開出**史無前例**的燦爛花朵。

《東京朝日新聞》昭和十五年六月

一問一答

「能否說說最近的感想。」

「這可傷腦筋。」

「如果您感到傷腦筋，那我才眞的要傷腦筋了。拜託，請說點什麼。」

「我最近深深感到，人非誠實不可。雖是愚拙的感想，但昨日走在路上時，我也深深如此覺得。就是因爲想矇騙，生活才會變得艱難、複雜。誠實說話、誠實做事，生活會變得很簡單。也不至於失敗。所謂的失敗，指的就是試圖掩飾，卻掩飾不了的情況。另外，無欲無求也很重要。如果過於貪心，往往總會忍不住想掩飾一下，一旦想掩飾，種種事情就會變得複雜，最後露出馬腳，弄得自討沒趣。這雖是人人皆知的感想，但是，我卻花了三十四年，才有這番體悟。」

「您年輕時的作品，現在重讀，有何感想？」

「就像翻閱以前的相簿。人雖沒變，服裝卻變了。那身服裝，多少也可以欣然看待。」

「您有沒有什麼堪稱主義的信念呢？」

「在生活中，我一直在思考愛這件事，不只是我，想必誰都會想吧。但是，這件事，很難。談到愛，或許以爲是甘美甜膩的東西，其實很複雜。去愛，是怎麼一回事，至今，我仍不明白。總覺得很少用到這個字眼。即使自以爲是非常深情的人，有時好像完全相反。總之，很複雜。和剛才提到的誠實，似乎也有些許關連。愛與誠實。我似懂非懂。總之，對我來說，尙有不解之處。誠實是現實的問題，愛是理想，這種地方，或許就潛藏著我所謂的主義吧，但我還不是很明白。」

「您是基督徒嗎？」

「我不上教堂，但會讀聖經。放眼世界，我認爲像日本人這麼正確理解基督教的人種恐怕不多。在基督教方面，我想日本今後將會成爲世界中心。最近歐美人的基督教，實在有點不成體統。」

「最近又到了展覽會的季節，您看了什麼展覽嗎？」

「我還沒看任何展覽，不過，最近喜歡畫畫的人實在很少。一點喜悅都沒有。生命力很貧乏。」

「只顧著說些好像很自大的話，眞是抱歉。」

《藝術新聞》昭和十七年四月

諸君的位置

這世間，要站在何處，坐在何處，甚爲曖昧，因此學生困惑不已。只要佯裝不解世事袖手旁觀，永遠依賴父兄就行了嗎？或者，做爲「社會的一員」，應該擺出仔細追究的嘴臉，模仿世間的成人口吻，致力於成人生活的無謂協助？不管何者都很不自然，很可笑，令人不安。

諸君不是小孩，亦非成人。非男，亦非女。是穿著灰樸樸制服的「學生」這種全然特殊的人。宛如那種半人半獸的山野之神，上半身近似人，腿卻是毛茸茸的山羊腳，屁股捲著小尾巴，頭上頂著短短山羊角的潘。不不不，潘身爲牧羊神，是眾人喜愛的音樂天才，也擅長吹笛，甚至發明葦笛，是伶俐開朗的神；而學生諸君之中，有人幾乎與潘的外型一樣，卻心存黑暗醜陋的怪物，甚至是憂鬱的淫酒之王狄俄尼索斯的寵兒。肯定也有自身混濁低迷，惆悵傷懷的夜晚。

諸君究竟坐在何處，凝視何物？

日前，我爲某學生講述下面這則席勒的敘事詩，意外地，那名學生很喜歡。諸位現在一定要讀席勒的作品。然後便會知道，素樸的睿智，是多麼強力地替諸君指定前途。

「接受這個世界吧！」宙斯自天上向凡人喊道。「收下吧，這是屬於你們的。我將之做爲遺產，做爲永遠的領地送給你們。來吧，你們自己去分配吧。」眾人當下爭先恐後，凡有手之人皆自四面八方趕來。農民在原野用繩子圈出地盤，貴公子占領森林以便狩獵，商人在倉庫堆滿貨物，長老搜羅珍貴的陳年葡萄酒，市長在市街築起城牆，王者在山上豎立大國旗。種種分割，全都徹底結束時，詩人這才姍姍來遲。他是自遙遠的彼方趕來的。啊呀，這時，地球表面存在之物，都已貼上持有者的標籤，連一坪青草地也不剩了。「太過分了！爲何獨我一人什麼也沒分到。明明我才是您最忠實的兒子吧？」詩人大聲訴苦，一邊投身在宙斯的寶座前。「誰教你自己在夢鄉踟躕，」神打斷他的話。「你可不能埋怨我。當大家瓜分地球時，你到底在何處？」詩人哭著回答：「我在您的身旁。目光只停留在您的臉上，耳朵只聆聽天上的音樂。請體諒我這顆心。我陶然沉醉於您的威光，以致忘了地上的事！」「該怎麼辦呢？」宙斯說。「地球已全部分給大家了。秋天、狩獵、市場，都已不再屬於我。你想在這天上與我在一起時，不妨常來。此處將爲你空著！」

詩，就此結束，但這個詩人的幸福，也正是學生諸君的特權。你們必須有此自覺，堂堂正正，颯爽地活著。對於現實生活的無聊位置或小家子氣的身分地位，不妨暫時斷然拋棄。諸君的位置，將在天上發現。白雲，是諸君之友。

我並非不負責任地以誇大、天眞的觀念論欺騙諸君。這是最聰明、最合乎實情之道。至於世間的位置，等你們自學校畢業後，就算不想要也會被賦予。現在，千萬別學世人。要相信美好事物的存在，看著那個闊步街頭。想像最頂級的美好吧。那是存在的。唯有在求學期間，那是存在的。

我很想說得更具體，但今天不知怎地有點氣憤。你們還在遲疑什麼，我眞想狠狠拍你們的背鞭策你們。愚笨的人，莫可奈何。你們要多讀契訶夫。並且效法。我這可不是亂說。至少請你們先做到這點。或許，你們會對我說的話稍有理解。

盡說些失禮之詞。但是，如果不用這麼粗魯的說法，諸君往往已習於聽過即忘。雖然這不只是諸君之罪。

《月刊文化學院》昭和十五年三月

進一步退二步

似乎不只是日本如此。同時，也不只是文學如此。比起作品的趣味，作家本身的態度，首先令人介懷。非得先打聽出作家的人格、弱點才甘心。硬是不肯讓作品脫離作家以一個未署名的生物獨立存在。讀著三姊妹的故事，難免會意識到躲在三個年輕女子背後偷笑的契訶夫。這種鑑賞方式，靠的是聰明才智，是敏銳度。所謂眼光力透紙背，的確不簡單。難怪要得意。敏銳或蒼白是如何甜膩通俗的概念，不可不知。

可悲的，是作家。甚至無法再隨意大笑。作品被當成精神教養的教科書，誰受得了。即使談猥瑣之事，若對方的態度一本正經，既然一本正經，那麼，那就是正經話題了。即便笑著談嚴肅話題，只因那是笑著說的，就成了荒唐的謊言。眞可笑。深夜被行經的派出所員警叫住，一再盤問，我以略高的音量，用所謂軍隊的方式回答：報告長官！自己如何如何……結果對方便誇我態度良好。

作家是越來越憋屈了。畢竟，對象都是眼力力透紙背的讀者，所以不能大意。過度緊張下，不禁在桌前正襟危坐，就這樣，或許，甚至無法成爲無限肯定「沉默是金」這句格言的可憐作家。

人們只對作家要求謙讓，作家大爲惶恐，謙虛到卑微的地步，而讀者則是大老闆。企圖徹底扒光作家的私生活。這很失禮。廉價出售的是作品。可沒有連作家的人格一併出售。我倒覺得該向讀者要求謙讓。

作家與讀者，有必要重新做一個劃清地盤的協定。

最高級的讀書方式，無論是森鷗外[1]或紀德[2]或尾崎一雄[3]，都是老老實實閱讀，適度地享受，讀完便冷靜地拿去舊書店，交換黑岩淚香[4]的《死美

1 森鷗外（1862-1922），本名森林太郎，日本文豪與夏目漱石齊名。
2 安德烈・紀德（André Paul Guillaume Gide, 1869-1951），法國作家，一九四七年諾貝爾文學獎得主。
3 尾崎一雄（1899-1983），小說家，曾獲芥川獎。
4 黑岩淚香（1862-1920年），本名黑岩周六，其著作《悽慘》開創了日本推理小說史上新的旅程碑。

人》，然後，再次滿心雀躍地專心閱讀。要看什麼書，是讀者的權利。不是義務。這點，應該任其自由。

《文筆》昭和十三年八月

鬱屈禍

這份報紙（帝大新聞）的編輯，肯定聰明地看穿我的小說總是失敗連連毫無進步。因此，對這個落魄、不流行的壞作家寄予同情——

「文學之敵——這麼說有點誇張，總之請針對最近的文學，寫一些您覺得有害的，類似這樣的內容。」對方如此邀稿。

爲了回報編輯的同情，我也不得不老實說出心中所想。

有句話是這麼講的：「我緊緊擁抱我的敵人。懷著扼殺對方的私心。」

這似乎是有名的詩句，但這是誰的詩句，淺學如我，並不清楚。反正肯定是放蕩的不良文學家寫出的詩句。紀德曾經引用。紀德似乎也是個惡業頗深的人。無論經過多久，都是不守清規的花和尚。紀德在那句詩的後面，加上他個人的意見。簡而言之他認爲：

「藝術通常是一個拘束的結果。相信藝術越自由便會價值越高，就等同相信阻止風箏高揚的是那根線一樣。康德的鴿子，以爲如果沒有束縛自己雙翼的空氣，必然會飛得更高；但這是因爲它不懂，若要飛翔，需要有空氣的阻力托起翅膀的重量。同樣的，要讓藝術上升，也必須仰賴某種阻力。」

感覺上，有點像騙小孩的論調，太早下定論，似乎略嫌霸道。但是，不妨稍微忍耐，再聽聽他怎麼說吧。

紀德的藝術評論，很棒喔，我認爲不愧是世界數一數二的。至於他的小說，就有點拙劣了。意有餘而弦音不響。他接著又說：

「大藝術家，會被束縛鼓舞，把障礙當作踏腳台。根據傳言，米開朗基羅當初想出摩西那彆扭的姿態，是因爲大理石不夠。埃斯庫羅斯[1]基於舞台上能夠同時使用的聲音數量有限，只好發明了被鎖在高加索山的普羅米修斯的沉默。希臘放逐了在琴上多加一根弦的人。藝術源自拘束，生於鬥爭，死於自由。」

他相當有自信地單純斷定。不得不信。

我的鄰居，從早到晚，一直開著收音機，非常吵，我曾以爲我的小說寫不好，都是那個害的，但原來這種想法是錯的，我應該把那噪音當成我的藝術的名譽踏腳台。收音機的噪音對文學絕對無害。我試著想定種種文學之敵，但仔細一想，那一切，都是孕育藝術，促其成長，使之昇華的可喜母體。

想想眞悲慘。我再也說不出任何不滿了。我雖是貧窮的三流作家，但是，還是想走上第一等之路。哪怕是模仿也好，我想時時具備大藝術家的心態。大藝術家，會被束縛鼓舞，拿障礙當踏腳台，這是紀德爺爺慈愛的教誨，你我都想當「好孩子」，於是乖乖點頭稱是，倏然奮起，這才發現事情有多可笑。居然得向那些毆打自己、捆綁自己的人一一致謝：「哎呀，眞是謝謝您。托您的福，我的藝術也受到鼓舞。」

我曾在表演席上聽到被人拿木屐揍臉，還把那木屐收進錦袋，早晚頂禮膜拜繼而出人頭地的故事，實在太荒謬，忍不住失笑，想來就跟那個差不多。要成爲大藝術家，也很痛苦呢。如果這樣戲謔，紀德好好的名言，也會黯然失

1 埃斯庫羅斯（Aischylos, B. C. 525-456），希臘詩人。

色，但紀德講的是結果論。是後世，旁觀者的持論。

就連米開朗基羅，當時也為欠缺大理石而悲憤哀嘆。他是一邊嘀嘀咕咕抱怨一邊創作摩西雕像。米開朗基羅的天才，彌補大理石的欠缺綽綽有餘，所以他成功了。但我們這種小聰明，如果挨揍了還沾沾自喜，創作只會消失於無形。

心有不滿就直說。對敵人絕不寬容。紀德也講過：「生於鬥爭。」他很精明地這麼說。敵人？啊啊，那不是收音機！不是稿費。不是批評家。古語有云，「心中之敵，最可畏。」我的小說，之所以拙劣無進展，就是因為我的心中，還是混濁不清。

《帝國大學新聞》昭和十五年二月

Confiteor

去年年底，難堪之事連著發生三起，我是名符其實地火燒屁股衝出家門，徘徊湯河原、箱根一帶，等我從箱根的山上下來時，身上已無旅費，遂決心步行前往小田原。道路兩旁是橘子園，沿途被數十輛汽車追過。我甚至無法仰望四周的群山，只能像野獸一樣垂頭步行。「大自然」的嚴酷壓得我幾乎喘不過氣。我就像衛生紙一樣變得皺巴巴，被人揉成一團，隨手一扔。

這趟旅行，對我而言，是一帖良藥。我想看人類力量展現的良好成果，旅行一個月之中，把我帶的書從頭一一重讀。不是吹牛。每一本，我都看不到十頁。有生以來，我初次體驗到祈求的心情。

「請讓我遇見好書。請讓我遇見好書。」

結果並沒有好書。有兩三本小說，甚至激怒了我。唯有內村鑑三的隨筆集，大約在我的枕畔待了一週。我本想自那本隨筆集引用兩三句，但不行。我發覺恐怕得全部引用。它和「大自然」一樣，是可怕的書。

坦白說，我被這本書耍得團團轉。一方面，也是出於對「托爾斯泰福音書」的反感，對這本內村鑑三的信仰之書更加招架不住。現在的我，只有如蟲子的沉默。我似乎已朝信仰的世界踏入一步。僅只是這樣的男人。沒有更多的美好，也沒有更多的卑劣。

啊啊，言語是何等空虛。對饒舌的困惑。一切，皆如你所言。請保持沉默。是的，我相信上天的安排。相信天國將至。（出於謊言的眞實。出於自棄的信仰。）

在日本浪漫派一週年紀念號，我寫了以上眞誠無僞的危險告白。這下子，如果不行，唯有一死。

《日本浪漫派》昭和十一年三月

困惑之辯

老實說，這本雜誌（懸賞界）向我邀稿，多少令我有點爲難。我無法立刻回函答應。那並非出於我的倨傲。不，正好相反。我並不認爲這本雜誌特別鄙俗。若說鄙俗，任何雜誌都一樣鄙俗。發表在上面的作品，也全都很鄙俗。就連我自己，原本也是鄙俗的作家。我無法容忍嘲笑他人的鄙俗。每個人各有拼命求生的方式。我們必須尊重。

我的困擾，另有其他。說穿了，那就是我根本不是文壇大家。這本雜誌的八月上旬號、九月下旬號、十月下旬號這三冊，承蒙編輯惠賜，一看之下，這本雜誌的讀者，似乎今後皆有心嘗試「所謂的文學」。有這種心態時，人們會懷抱著彷彿仰望天空那般純潔崇高的希望。而且，那個希望，並非想寫出不欺人亦不自欺的作品這麼具體，只是隱隱約約想一舉揚名天下的野心。那是理所當然的心態，沒有任何值得非難之處。

平日，被同僚輕視，讓父母手足擔心，甚至不被妻子、情人信任，很好，既然如此老子就發奮圖強，以前有個拜倫[1]，不就是一朝醒來已舉世聞名嗎？那我也要試試看——這樣的經過，任誰都有，是極為自然的人之常情。這時，那個人興奮前往書店，先拿起這本雜誌（懸賞界），翻開一看，太宰治這個壓根沒聽說過的人，居然以老師自居舞文弄墨。著實令人跌破眼鏡。此人腦海有的，是夏目漱石、森鷗外、尾崎紅葉[2]、德富蘆花[3]，還有，前陣子獲頒文化勳章的幸田露伴[4]。除了這些文豪以外的人都不列入考慮。但是，那是理所當然的。此人除了文豪之外一律不放在眼裡的態度，完全正確。我希望此人能永保這種態度。窩囊的，是在那本雜誌上以老師自居喃喃囈語的太宰某。

他們並非早已出名。這本雜誌的讀者，都是今後有志於文學，希望揚名天下，懷抱所謂的青雲之志。他們毫不卑屈。他們抬頭挺胸仰望蒼穹。沒受過丁點傷害。一塵不染。這樣的人，真的聽得見太宰這種拙劣作家的醜怪嘶聲低語嗎？我的困惑，就在於此。

到目前為止，我沒寫過任何好的小說。一切都是模仿他人。毫無學問。才三十一歲。還是愣頭青。即便批評我尚不解世事我也無話可說。我，一無所有。沒有任何值得誇耀之處。只有一樣，那就是渺小如芥子的自尊。那正是我愚蠢之處。毫無益處，徒勞無功，卻還是主動追尋了十年一再輾轉而來。但是，再想一想，那對讀者諸君今後成爲文豪毫無助益。若能避免徒勞，還是避免爲妙。萬事，皆是聰明爲上。但是，我特別笨，再加上不自量力的自戀，也不聽別人的制止，只憑著不要緊、不要緊的匹夫之勇，不會游泳卻跳入深潭，一轉眼，咕嚕咕嚕幾乎滅頂，簡直慘不忍睹。像我這麼愚昧的作家，面對有志成爲新一代鷗外、漱石的雜誌讀者而言，究竟該說什麼才好？我實在很困惑。

毋寧，我是個惡名昭彰的作家。似乎受到種種曲解。但是，我想那畢竟還是因爲我自己的缺失吧。實在很困難。我現在，打算細水長流慢慢來。我很

1 拜倫（George Gordon Byron, 1788-1824），英國詩人，也是英國浪漫主義的先驅。
2 尾崎紅葉（1868-1903），日本小說家，其浪漫主義和寫實主義兼具、長於心理描寫的敘述風格，對後世的谷崎潤一郎等文學家產生了深刻的影響。
3 德富蘆花（1868-1927），本名德富健次郎，以推理小說受到注目。
4 幸田露伴（1867-1947），本名幸田成行，以《五重塔》和《命運》等作品確立了文壇地位。

笨，無法一下子解決一切。只能摸索著，慢慢爬行而已。我想活久一點。

在這種情態下，我沒有任何話該對諸君說。唯一一點，就是渺小如芥子的自尊，這我剛才也提過了，但就連那個也彷彿隨時會消失。無謂的辛苦，不值得誇耀。但我必須告白，我抱著緊抓最後一根稻草的想法，一直執著於過去的愚昧辛勞。若眞有什麼可說的，也只有那一項。我付出這種愚蠢的辛苦，卻如此一事無成，所以至少對你，我想，還可以給你一個極端消極又無力的忠告：千萬要自重，別學我這種愚行。燈塔之所以在高處大放光明，不是燈塔自己在炫耀，而是在提出忠告：這裡是險處千萬別靠近。

我這裡，偶爾也有兩三個學生來訪。這種時候，我總感到與現在一樣的困惑。他們當然沒看過我的小說。他們也同樣有青雲之志，所以輕視我的小說。同時，也認爲理當如此。有那種閒功夫看我的小說，不如多看看外國一流作家或日本的古典作品。希望，自然是越高越好。他們既然如此輕視我的小說，爲何又要來找我？因爲門檻很低。除此之外，似乎別無理由。喀啦一聲拉開門，我就坐在眼前。因爲我家很小。

人家特意來訪。總不可能心懷惡意大老遠跑來這種鄉下地方。所以我當然得報答知遇之恩。於是我說：快請進，歡迎。我一點也不大牌，實在做不出在門口趕走客人之舉。我也不是那麼忙碌的人。忙中謝客這種漂亮的舉動，我想我永遠做不出來。

比我厲害的作家，在日本有很多，你們還是去找那些人吧。我想一定會有更大的收穫。有一次，我曾對一名學生如此認眞勸告，但當時，學生狡滑地笑了，老實回答：就算去了，人家恐怕也不肯接見我們。我倒覺得不至於。如果人家不肯接見，那就帶著飯團在門外耗著，耗個一夜兩夜都沒關係。如果眞的尊敬那個人，哪怕是這種冒失的行動，也不見得是壞事。我仍舊認眞地這麼勸告，但學生這次咯咯大笑，大言不慚地說：日本作家當中哪有值得如此尊敬的人，若是要成爲歌德[5]或達文西的弟子，付出這樣的苦心倒也無妨。說著迅速抓起桌上一個豆沙點心狼吞虎嚥。青春無垢時，舉凡希望，都得像這樣崇高才

5 歌德（Johann Wolfgang von Goethe, 1749-1832），德國文豪、思想家，著有《浮士德》。

行。對於那個學生，我已無話可說。我被輕視。但是，那樣的輕視是對的。我很窮，很懶，不學無術，只會寫些隨隨便便的小說。遭到輕蔑，是理所當然。

你痛苦嗎？我問我的天眞訪客。那當然痛苦嘍，學生用力吞下豆沙點心後回答。痛苦是必然的。青春是人生的花朵，同時，也是焦躁、孤獨的地獄。該如何是好，我不知道。肯定很痛苦。

原來如此，我首肯，懷著那種痛苦不知所措，於是才會來找我吧——說不定太宰這傢伙會意外說出什麼好建議，不，那傢伙還是不行吧？學生抱著這樣的心情，漫不經心地晃到我這裡。如果，眞是這樣，那麼找我也沒用。我無法教你任何有用的事。先不談別的，現在我已自身難保。我很笨，所以什麼也不懂。只是，到目前爲止，我已經歷了太多愚蠢的失敗，所以我只想一再重申，千萬別學我。不可怠忽學業。不可留級。作弊也無妨，總之唯有學校，一定要好好畢業。盡可能多看書。不可去酒家浪費錢。若想喝酒，就找友人、學長一起吃著牛肉火鍋悲憤地慷慨陳詞吧。而且一週不可多於一次。要忍受寂寥。忍受三天後，如果還寂寞，那就是病態。開始以冷水擦身吧。務必穿上肚圍保暖。切勿向人借錢。哪怕餓死也別借錢。這年頭，絕不會讓人眞的餓死。這點大可安心。戀愛，務必要停留在單相思就好。向女人坦白愛意，是男人之恥。你有情，對方自然也會有意。要相信這點，耐心等待。萬事不可焦急。漱石年過四十才開始寫小說。

愚蠢的我努力想出的忠告，正如上述，都不怎麼高尚，因此那個學生聽了捧腹大笑，但這本雜誌的讀者，肯定有志於成爲明日的鷗外、漱石、歌德，所以對於我這個一點也不出名、不厲害的作家異常下等的吶喊，肯定會失笑吧。

這樣也好。希望越高越好。

《懸賞界》昭和十五年一月

容貌

我的臉，這陣子，好像又大了一圈。原本，我的臉就不算小，但最近，變得更大。

所謂的美男子，通常臉蛋都小巧端正。至於臉非常大的美男子，似乎沒什麼實例。就連想像，都很困難。臉大的人，好像只能老老實實對一切認命，除了朝「氣派」或「莊嚴」或「壯觀」那方面去努力之外別無他法。濱口雄幸氏[1]就是臉非常大的人。果然不是美男子。但是，很壯觀。甚至莊嚴。關於容貌，大概也曾偷偷潛心修養。我想，既然如此，我也只能像濱口氏一樣努力修養而已。

臉孔一大，如果不格外小心，很容易被人誤爲傲慢。也會受到意外的攻擊，例如罵我擺什麼臭臉，到底以爲自己是誰等等。前幾天，我去新宿某店，正在獨自喝啤酒時，一個女孩不請自來，

「你很像閣樓上的哲學家喔。看起來好像很了不起，但你這樣，不討女人喜歡喔。就算做作地擺出藝術家的架勢也沒用。奉勸你別再做夢了。你是不寫詩的詩人嗎？嘿！我在叫你啦！你很跩喔。要來這種地方，應該先去看看牙醫，然後再來。」

她說話很惡毒。我的牙齒，的確殘缺不全。我不知該如何回話，只好買單走人。之後，果然有五、六天都不想出門。安靜待在家裡看書。

我在想，要是鼻子不會發紅就好了。

《博浪沙》昭和十六年六月

1 濱口雄幸（1870-1931），日本第27任內閣總理大臣。

某忠告

「作家的日常生活，會直接呈現在作品中。縱使想掩飾也辦不到。人不可能寫出超乎生活以上的作品。如果過著糜爛的生活卻想寫出好作品，那是不可能的。

能夠打入『文人』圈，眞有那麼値得高興嗎？戴著大師的頭巾，說什麼『最近的青年對助詞的使用簡直亂七八糟』云云，簡直令人作嘔。被『老師』這麼批評，眞有那麼値得高興嗎？還被老師譏爲算命師。看樣子，被世人視爲名士，受邀出席電影試映會或相撲比賽，眞有那麼値得高興嗎？最近你好像手頭變得比較寬裕了，但那樣，眞有那麼値得高興嗎？即使不寫小說也有被視爲名士的途徑吧。尤其是錢，其他賺錢的方法，應該多得是。

爲了出人頭地嗎？你剛開始寫小說時，那種悲壯的覺悟，都到哪兒去了？太小家子氣了。這樣未免太矯揉造作吧。難不成怎麼著，你自認爲寫了嗎？依照時評，你的心境似乎日漸澄靜，啊哈哈。為了家庭幸福嗎？有妻小的，可不只你一人。

臉皮可真厚啊！瞧你最近不是變得臉色蒼白嗎？據說你在看《萬葉集》[1]是吧。請你不要真把讀者當傻瓜。如果得意忘形，太瞧不起人，小心我全部抖出來喔。你真以為我不知道嗎？

責任重大哪。你不懂嗎？日復一日，責任越來越重喔。你該好好多吃點苦。好好為生存而努力。比起明日的生活計畫，今日忘我的熱情更重要。你不妨想想去戰地的人。無論在任何時代，誠實永遠是美德。縱使想隱瞞也沒用喔。比起明日的高明覺悟，今日的笨拙獻身，才是現在必要的。你們的責任重大。」

這是某位詩人來我家，當面向我訴說的。那個人，並未喝醉。

《新潮》昭和十七年一月

---

1 奈良時代的詩歌集，共二十卷。

早晨

我最愛的就是玩樂，即便在家工作，也總是暗自期待有朋自遠方來。每當玄關門喀啦一開，我就會皺眉、撇嘴，但是心裡其實挺雀躍的，立刻把寫到一半的稿紙收起來，迎接客人。

「啊，不好意思，你正在工作吧。」

「不，沒事。」

然後就和那位客人一同出門冶遊。

但是，那樣永遠都無法工作，於是我決定在某處另設祕密工作室。那設在何處，連我的家人都不知道。每天早上，九點左右，我讓家人替我做便當，帶著便當去那間工作室上工。那間祕密工作室果然不會有人來訪，因此我的工作也大致按照預定進行。不過，到了下午三點左右，便會漸感疲憊，也會開始想念人群，想出去玩，於是做到適當段落就結束工作，打道回府。返家途中，有時也會被關東煮屋那種地方吸引，直到深夜才回家。

工作室。

不過，那間屋子，其實是女人的住處。那個年輕女人，一大早就去日本橋某間銀行上班。之後我過去，在那裡工作四、五個小時，在女人自銀行歸來之前離開。

她並非我的情婦或什麼的。我認識她的母親，而那位母親，基於某些原因，不得不與女兒分隔兩地，目前住在東北那邊。做母親的不時會寫信給我，針對女兒的婚事，徵求我的意見，我也會與對方那位青年見面，然後寫些深諳人情世故的人會說的「那人應該會是好女婿，我贊成」云云回覆。

不過，我總覺得，現在比起那位母親，做女兒的似乎更信賴我。

「小菊，前幾天，我見過妳未來的夫婿喔。」

「是嗎？怎麼樣？有點做作吧。對吧？」

「還好，不過，畢竟是那種場合。當然嘍，跟我比起來，無論是何種男人，看起來都會顯得很蠢。妳就忍忍吧。」

「說得也是。」

女孩似乎打算乾脆與那名青年結婚。

前一晚，我喝了很多酒。不，酗酒幾乎是夜夜如此，沒啥好稀奇的。但那天，從工作室回家時，在車站遇到久違的友人，我立刻把他帶去熟識的關東煮屋開懷暢飲，喝到快要招架不住時，雜誌社的編輯說他猜我大概在這裡，帶了一瓶威士忌出現，於是我又陪編輯喝完那瓶威士忌。我心想這下子大概會吐吧，不曉得會怎樣，連我自己都開始感到害怕，本想就此打住，但朋友說這次該換個地方由他作東，於是又坐上電車，被那位友人帶去他熟識的小料理屋，在那裡又喝了日本酒。

總算與那位友人和編輯道別時，我已醉得無法走路了。

「讓我睡一晚。我沒法走回家了。我直接這樣睡就好。拜託了。」

我把腳伸進暖桌底下，穿著大衣就這麼睡著了。

半夜，我忽然醒來。只見一片漆黑。數秒之間，我以爲正在家裡睡覺。我動動腳，這才發覺居然穿著足袋[1]就睡著了，不禁大吃一驚。糟糕！不得了！

天啊，這種經驗，到目前爲止，我不知已重複過幾百次、幾千次。

我苦惱呻吟。

「您會不會冷？」

小菊在黑暗中說。

她好像與我呈直角躺著，同樣把腳伸進暖桌底下睡覺。

「不會，我不冷。」

我坐起上半身。

「我可以從窗口小便嗎？」

我說。

「沒關係。那樣比較簡便。」

「妳該不會也常常這樣做吧。」

我站起來，打開電燈開關。燈不亮。

1 穿和服時，套在腳上的袋狀襪子。

「停電了。」

小菊小聲說。

我摸索著緩緩朝窗口走去，不小心絆到小菊的身體。小菊文風不動。

「這眞是抱歉。」

我自言自語般咕噥，終於碰到窗簾，推開簾子把窗戶稍微打開，響起流水聲。

「小菊妳的桌上，有一本《克萊芙王妃》[2]呢。」

我又像之前一樣，躺下來說道。

「當時的貴婦人，可是坦然自若地在宮殿的庭院，或者走廊階梯下的暗處小便呢。所以，從窗口小便之舉，本來也是貴族的舉動。」

「如果您要喝酒，我有喔。貴族睡覺的時候要喝酒吧？」

我想喝。但是，如果喝了，我怕會出事。

「不，貴族討厭黑暗。因爲本來就膽小。如果太暗，會嚇得六神無主。有沒有蠟燭？如果妳肯點燃蠟燭，那我不介意喝一杯。」

小菊默默起身。

然後，她點燃蠟燭。我這才鬆了一口氣。我心想，這下子，今晚應該不會發生任何事了。

「蠟燭要放哪裡？」

「聖經說，燭台要放在高處，所以高一點的地方比較好。就放在那書櫃上妳看如何？」

「酒呢？用杯子？」

「聖經說，深夜飲酒，要倒入杯中。」

我說謊。

小菊一邊偷笑，一邊在大杯子倒滿酒替我端來。

「還有大約一杯的量喲。」

「不，這樣就夠了。」

2 《克萊芙王妃》（*La Princesse de Clèves*），十七世紀末的法國戀愛小說。

我接過杯子，大口灌下，喝光後，仰天倒臥。

「好了，再睡一覺。小菊妳也是，晚安。」

小菊也仰臥，與我呈直角躺平，長睫毛的大眼睛，頻頻眨動不肯入睡。

我默默看著書櫃上的燭火。火燄宛如生物，忽漲忽縮，不停蠢動。看著看著，我忽然想到一件事，不由驚心。

「這根蠟燭很短。要不了多久，就會燒光了。沒有更長的蠟燭嗎？」

「就只有這根。」

我默然。很想祈求老天。但願那根蠟燭燒完前我已睡著，或者一杯酒的醉意已退，否則，小菊會有危險。

火燄細細燃燒，一點一滴地漸漸變短，但我毫無睡意，而且醉意不但沒有醒，反而五體發熱，令我愈發大膽。

我不由得嘆氣。

「您要脫下足袋嗎？」

「爲什麼？」

「那樣子，比較暖和。」

我依她所言脫下足袋。

已經沒救了。一旦蠟燭熄滅，就完了。

我開始覺悟。

燭火漸暗，之後彷彿痛苦掙扎般左右扭動，在瞬間暴漲、變亮，然後，滋滋作響，轉眼之間越來越小，終而熄滅。

天漸漸亮了。

房間透出微明，已不再是一片漆黑。

我起身，準備回家。

《新思潮》昭和二十二年七月

津輕通信

庭院

東京的家被炸彈炸毀後，我們全家遷至妻子位於甲府市的娘家，但這間屋子，隨即也因燒夷彈付之一炬，我與妻子和五歲的女兒、二歲的兒子，一家四口不得不前往我在津輕的老家。津輕老家那邊，父母早已過世，現在是比我年長十幾歲的大哥守著。或許有人會說，早在二度受災前就該早點回故鄉了，但是，我在二十幾歲時做過種種令親人蒙羞的行爲，如今實在不好意思再厚著臉皮去麻煩長兄。可是，二度受災後，帶著二個幼兒，我已無處可去，只好抱著姑且一試的心態，發了一封懇求照顧的電報，於七月底離開甲府。途中相當坎坷，費了整整四天四夜，總算抵達津輕老家。老家的人，全都笑臉相迎。爲我準備的餐點，還附了美酒。

但是，這個本州北端的城市，也有艦載機頻繁飛來轟炸。自我抵達老家的翌日起，便在原野幫忙搭避難小屋。

於是，不久，就聽到收音機那段玉音廣播[1]。

長兄自翌日起，開始拔院子的草。我也去幫忙。

「年輕時，」長兄邊拔草邊說，「總以爲院子雜草叢生也是一種雅趣，但年紀漸長後，連一根草也覺得礙眼。」

如此說來，像我這樣，還算是年輕嘍。雜草叢生的廢園，我並不討厭。

「但是，這麼大的院子，」長兄喃喃自語般繼續低聲說。「若想常保整齊清爽，必須天天都有園丁照料才行。況且，還有庭院植樹的積雪要除，很辛苦。」

「很麻煩呢。」寄居的弟弟，畏畏縮縮地附和。

長兄一本正經，

「以前還可以，現在人手不足，又要躲炸彈，哪還顧得了園丁。別看這樣，這個院子本來也不是隨隨便便的院子。」

1 指裕仁天皇透過廣播向全國民眾宣布日本無條件投降。

「我想也是。」弟弟對園藝沒啥興趣。畢竟是個連雜草叢生的廢園都覺得美麗的野蠻人。

長兄接著又說明這個庭院的風格屬於什麼流派，流派作法從何而起，然後傳至何處，之後又如何傳入津輕當地，話題自然轉移到利休[2]。

「你們爲什麼不寫利休的故事？我倒覺得那會是很好的小說。」

「唔。」我只能含糊以對。弟弟雖是寄人籬下，但談到小說，還是展現些許專家的高傲。

「那可是了不起的人物喔。」長兄不管不顧地繼續說。「就連太閣[3]，每次也得甘拜下風。柚子味噌的故事你起碼也知道吧。」

「唔。」弟弟的回答越發含糊。

「你眞是不用功的作家。」兄長似乎看穿我一無所知，皺起臉說。兄長皺起臉時，看起來凶得嚇人。兄長似乎認定我是個非常不用功、完全不看書的男人，同時，這似乎也是兄長最不滿的一點。

寄人籬下者心慌意亂地想，這下搞砸了，

「但是，我實在不太喜歡利休。」弟弟笑著說。

「因爲他太複雜吧。」

「是的。有些地方令人費解。他看似輕蔑太閤，卻又無法斷然離開太閤，這點，總讓人覺得不透明。」

「那是因爲太閤有魅力呀。」兄長不知幾時已心情好轉，「就人格而言，何者較優，難以論斷。雙方都是在拼命戰鬥。因爲彼此在各方面都成對比。一方是賤民出身，人品低下，尖嘴猴腮身材矮小，不學無術，卻打造出豪放絢爛的建築美術，展現桃山時代的繁華好景；另一方出自富裕家庭，外貌也是堂堂美男子，博學多聞，在草庵的寂寥世界與之對抗，所以才有意思呀。」

「可是，利休畢竟是秀吉的家臣吧？說來只是茶僧吧？勝負不是已很明顯了嗎。」我還是笑著說。

---

2 千利休（1522-1591），安土桃山時代的茶人，千家流始祖。後被豐臣秀吉賜死。

3 指豐臣秀吉。

但兄長毫無笑意，

「太閤與利休的關係，才不是那樣。利休擁有幾乎凌駕諸侯的實力，而且，當時所謂的菁英大名，仰慕風雅的利休更甚於不學無術的太閤。所以太閤才會心懷嫉妒。」

男人眞奇怪，我默默地邊拔草邊想。大政治家秀吉，縱使在風流這方面不敵利休，難道就不能一笑置之嗎？男人這種生物，眞的非得這樣事事占上風才甘心嗎？利休也是，在自己效命的主子面前，稍微示弱一下又怎樣。反正太閤那種人，根本不懂風流的虛無云云，何不像飄然遠去的芭蕉[4]那樣四處行旅呢。結果，他不肯離開太閤，對那種權力似乎也不盡然排斥，一直待在太閤身邊，就這樣雙方拼命鬥什麼誰占上風、誰甘拜下風的樣子，在我看來總覺得不解。太閤若眞的那麼有魅力，我倒覺得利休起碼該展現一下與太閤生死與共的純眞情感。

「沒有令人感動的那種美好場面呢。」也許是因爲我還年輕，要寫欠缺那種場面的小說，總覺得提不起勁。

兄長笑了。似乎覺得我還是一樣天眞。

「的確沒有。你恐怕也寫不出來。你該再多研究一下成人世界。畢竟，你是不用功的作家。」

兄長似乎放棄了，起身眺望庭院。我也站起來望著院子。

「看起來清爽多了。」

「是啊。」

我對利休敬謝不敏。雖然投靠兄長，但我並不想做那種壓倒兄長的事。互相競爭，是可恥之事。縱使沒有寄人籬下，我過去也不曾有與兄長競爭的念頭。勝負早在出生時就已注定。

兄長這陣子異常消瘦。是因爲生病。但是他將要出馬參選議員或民選縣長的消息還是甚囂塵上。家人都很擔心兄長的身體。

各種訪客絡繹上門。兄長三不五時與那些人在二樓會客室談話，也不喊

---

4 松尾芭蕉（1644-1694），日本著名俳句詩人。

子。昨天，淨琉璃[5]新內派的女師傅來了。據說是富士太夫門下的首席弟子。在二樓金紙門的房間，那位女師傅爲兄長表演了一段新內。我也陪同聆聽。講的是明烏與醜女阿累賣身的段子。我聽著聽著，膝蓋發麻相當痛苦，感覺好似感冒了，但抱病的兄長，卻一派坦然自若，繼而又在他的要求下，講了後正夢與蘭蝶的段子，講完後，大家移席會客室，這時兄長說，

「值此非常時期，不得不疏散到鄉下種田，實在令人同情，不過，技藝這種東西，只要好好留心，就算放下三弦琴一兩年沒練習，技藝也不會退步。妳也是，來日方長。我相信來日方長。」

他明明是大外行，卻對那位在東京也很出名的女師傅如此大言不慚地放話。

「高論！」對方居然也這麼應聲。

兄長現在尊敬的文人，在日本好像是荷風[6]與潤一郎[7]。另外，他也嗜讀中國散文家的作品。明日，據說吳清源[8]將會來家中拜訪兄長。不是爲了談論圍棋，據說是要就種種當今社會問題長談一番。

兄長今早早起，似乎已開始拔院子的草，野蠻的弟弟，昨天聽新內節，好像感冒了，所以躲在偏屋內室挨著火盆呆坐，正在遲疑是否該去幫兄長拔草。一邊自我安慰地浮想聯翩：吳清源此人，說不定，也同樣會覺得雜草叢生的廢園別有意趣吧。

《新小說》昭和二十一年一月號

5 以說唱方式表演的日本傳統藝術，用三弦琴伴奏。
6 永井荷風（1879-1959），日本唯美主義文學大師。
7 谷崎潤一郎（1886-1965），日本著名小說家，代表作有《春琴抄》、《細雪》。
8 吳清源（1914-），出生於福建，七歲開始學棋，之後遠赴日本，稱雄日本棋壇數十年，被譽為「昭和棋聖」。

已矣哉

來到此地（津輕）後，昔日小學校時代的友人，不時來訪。我在小學校時代，在同學之間似乎有點逞威風，甚至有町議會議員笑著說我「畢竟是以前的老大」。同學們都已變成滿臉世故的大叔，各自成爲町議會議員或農民或校長，像是略有資產者那樣一派從容。但是，越聊越多後，我發現這些同學多半都好酒貪杯，兼之好色，彼此遂目瞪口呆，相顧大笑。

與小學校時代的友人一起喝酒很愉快，但與中學時代的友人會談卻總覺得彆扭。對方特別做作。甚至似乎對我懷有戒心。既然如此又何必跟我這種人見面，但對方也許是覺得身爲這個城市的知識分子好歹應盡點道義，還是特地約我見面。

就像剛才也是，任職這個城市某醫院的醫師打電話來，聲稱今晚想請我吃飯叫我去他家玩。這位醫師，據說老早就跟我的親戚提過他是我的中學同學，但我不記得中學時代跟他一起玩過。頂多是聽到名字才勉強想起他的長相。我猜想，或者，他比我高一年級，在三學年或四學年時一度留級，所以才變成我的同學？總覺得，好像是這樣。總而言之，那人與我沒啥交情。

要讓那人請我吃晚飯實在很痛苦，於是中午一過，我就去他位於郊外的住處道歉。這天應該是週日吧，他穿著寬袖大棉袍待在家中。

「請取消晚上的餐會。不管怎麼想，在這種缺乏物資的時候，招待我這種人吃飯，都太浪費了。很沒意思嘛。」

「眞遺憾，不巧就在剛才，內人也外出了，放心，她應該馬上就會回來，不過眞是傷腦筋。打電話給你，似乎反而失禮了。」

我被帶往面對馬路的二樓陽台。這日，天氣頗佳。在此地，那已是最後的秋晴。之後，將是連續的沉鬱陰天任由北風呼嘯。

「其實，」醫師浮現怪異的微笑，「我有二瓶配給的蘋果酒，我不喝酒，所以想請你喝一杯，順便好好聽你談一下東京空襲的話題。」

我早就料到八成是這樣。所以，才會特地登門推辭。若只爲了二瓶蘋果酒就得「好好」談論或聆聽無聊的社交辭令飽受彆扭之苦，實難忍受。

「那麼珍貴的蘋果酒，給我喝太浪費。」我說。

「哪裡，沒那回事。反正我也不喝。不如咱們現在就嘗嘗看吧。我先開一瓶。」

他以宛如要開香檳的誇大動作，不顧我的制止逕自下樓，很快就拿托盤端來一瓶已開栓的酒。

「內人不在，難得你大駕光臨，卻沒有好菜足以招待，只是一點現成的東西，不過，這算是有點稀罕，你猜得出來嗎，這是烤鯰魚。經過我內人獨家祕方精心調味。鯰魚這種東西，這麼烹調後也不容小覷喔。來，你先嘗一口。和烤鰻魚的味道一模一樣。」

托盤上，放著那份烤鯰魚，以及小小的酒杯。我通常是拿大杯子喝蘋果酒，用這種小酒杯喝，還是頭一遭。忙碌地把啤酒瓶裝的蘋果酒一再倒進小酒杯喝，感覺實在很不搭調。不僅如此，而且毫無醉意。我在他的勸說下，也吃了據說是他太太獨創的醬烤鯰魚。

「怎麼樣?是我內人發明的喲。我每次都誇獎她,成功彌補了物資短缺的問題,實際上,和鰻魚一點差別也沒有。」

我嚥下魚肉後點點頭,暗自狐疑這位醫師以前到底吃的是哪種鰻魚。

「這是廚房的科學。烹飪也是一門科學。在這種物資短缺的時候,內人的發明力,左右國家的命運,哎,不開玩笑,我真的這麼相信。對了,你的小說也有這種東西吧。我很少看時人寫的小說,所以你的小說只看過一篇,內容好像是發明新型飛機然後駕駛那個掉落田裡的發明甘苦談,那篇很有意思。」

我還是默默首肯。不過,我完全不記得自己寫過那種小說。

「總而言之,日本今後也得有新發明才行。我認為現在正是不分男女,通力合作,努力新發明的時候。實際上,拿我內人來說,我講這種話或許很怪,但在這方面,她真的令我很佩服。她很會想新的創意。托她的福,我在這種時代也能不愁吃穿舒服過日子。那些整天嚷嚷東西不夠,奔向黑市採購的人,簡而言之,是下的工夫不夠。缺乏研究心。隔壁榻榻米店也住著從東京疏散過來的一家人,那家的太太上次來我家,我偷聽到她與我內人爭論,哎,真的很有意思。疏散者似乎也有疏散者的說法呢。

依照那家的太太所言，說什麼鄉下農民很純樸云云，簡直是開玩笑，再沒有比農民更可怕的。世人皆說都市暴發戶動不動就給純樸的鄉下人看鈔票害人家墮落，但其實應該正好相反吧。從都市疏散過來的人多半是從火場逃出，而且那眞是不燒不知道，受到相當大的損失。如今依賴些許關係來鄉下投靠，明明又不是做了壞事來避風頭卻自慚形穢，事事忍讓，明明打算一點一滴準備重新出發，鄉下人卻很無情。其實我們也沒想過要吃白食，不管是田裡的活兒還是什麼，都打算好好幫忙，但人家卻連我們的幫忙也嫌棄，把我們當成遊手好閒的人，不肯替我們出任何主意，我們沒有工作只好領出拮据的存款，無法幫忙自覺心虛，所以咬緊牙送上禮金，結果對方好像也不中意，還說什麼都市的暴發戶炒高了黑市價錢擾亂鄉下的安寧。可他們絕對不拿錢嗎？不知爲什麼，不管送再多錢他們也絕不嫌多。明明很貪財，卻故意表現得不屑一顧，還說這種玩意等同廢紙，這會遭天打雷劈喲，不管是哪種鈔票上都印有皇家的菊徽喲，不過，這種光用錢就能打發的農民還算是好的，多半，都是既要錢也要東西。有些農民，甚至直接對著逃難過來幾乎只有身上這套衣服的我們說：你們身上那條大棉褲也行。眞是令人毛骨悚然啊，如此窮凶惡極地從我們身上拿走種種東西，一邊又嘲笑我們：如今他們仗著有錢，得意洋洋地數著鈔票飽食終日，但錢很快就會花光，看他們到時該怎麼辦，眞是膚淺啊。我們以前得罪過那些人嗎？爲什麼要對我們這麼壞心眼？說什麼鄉下人純樸云云，別開玩笑了——鄰家疏散過來的太太，就是這麼對我內人滔滔不絕地抱怨。

對此，我內人是這麼回答的：到頭來，那是妳自己沒有花心思創意，事到如今不能埋怨任何人，東京會在空襲中燒毀，這是大家老早就已料到的事，所以早在燒毀前就該花心思想辦法了。比方說，如果五年前就放棄都市生活，在鄉下扎根開始生活，現在應該沒什麼煩惱。厚著臉皮貪圖都市生活的安逸才是失敗前因，這點你們還是有罪，況且，受災者經常說什麼逃難出來時身無長物、只有身上這套衣服，那種話實在令人聽不下去。聽起來甚至像是在強迫人家同情。政府應該立刻就對受災者發放慰問金了，公債或保險之類的想必也簡單把錢退還了。再加上，沒有任何受災者是名符其實身無長物地逃出來，起碼都是帶著四、五件行李往別處疏散，暫時應該不缺衣物及其他。手上還有那麼多的錢和東西，怕什麼，之後只看個人的創意工夫，怎樣都能設法熬過去，我認爲不該依賴鄉下農民，要自食其力開創更生之道。——我內人就這樣秉持所謂的正論反駁對方，結果，隔壁的太太哭了起來，說什麼我們以前也不是在東京吃喝玩樂，也是吃過很多苦云云，又開始發牢騷，哭哭啼啼嘮嘮叨叨，最後吃了我內人自創的美國麵條才回去。

我總覺得，疏散者是自己作賤自己，咦，你要走了嗎，時間還早嘛，再喝杯蘋果酒吧，還剩很多呢，你起碼得把這一瓶喝掉。反正我又不喝，是嗎，你還是堅持要走嗎，眞可惜。我內人馬上就要回來了，我們可以好好聊聊東京空襲的事。」

這時，我突然萬分想念東京荻窪那一帶的燒烤攤子，什麼都不需要，我只想在那攤子前叫一串二錢的烤雞肉串和一杯十錢的威士忌，盡情痛罵世間的俗物。然而，那是不可能的。我微笑起身道謝，然後客套一句：「你有個好太太眞幸福。」路上，有位太太拿三條粗草繩綁著大南瓜揹在背上，正滿身大汗地走來。我指著她，「通常，都是那麼悽慘。根本無暇談什麼創意或工夫。」醫師的表情微妙，應聲稱是。我還來不及吃驚，那個女人，已走進醫師家的後門。已矣哉。那，換言之，正是醫師夫人歸宅。

《月刊讀賣》昭和二十一年三月號

親之二字[1]

文盲父母論及親之二字……這句川柳[2]，很可悲。

「無論去何處，無論做什麼，都別忘記親之二字。」

「不對啦，親只有一個字。」

「嗯，不管是一個字或三個字都一樣啦。」

這段教訓，很漏氣。

不過，我現在，在此並不是想解說柳多留[3]。其實，只是上次偶遇某位文盲家長，忽然想起有這麼一句川柳罷了。

受災的諸位想必記得，受災之後，變得異常頻繁上郵局。我二度受災，最後只好逃往津輕的兄長家寄居，爲了簡易保險或債券出售之類的瑣事三不五時去郵局報到，而且，不久之後，我又在仙台的報紙連載〈潘朵拉的盒子〉這篇失戀小說，爲了寄送原稿、打電報連絡，上郵局的次數因此更加頻繁。

我與那位文盲家長的相識，就是在郵局的長椅上。郵局總是相當擁擠。當時我坐在長椅上，等候輪到我。

「那個，老闆，幫我寫一下。」

是個畏畏縮縮，而且，看似有點狡滑，臉蛋與身形都非常小的老爹。基於同類的敏感，我一眼就斷定，此人肯定很愛喝酒。他臉部的皮膚蒼白粗糙，鼻子很紅。

我默默首肯，自長椅起身，走向郵局提供的筆墨盒。對方拿出存摺、提款單（他管那個叫做領錢條子）、以及印章，接著，聽到他那句「幫我寫」，之後不用問也明白了。

「多少？」

---

1 「親」這個字的日文是おや（OYA），因此不識字的人光聽發音以為這是二個字。

2 江戶中期出現的十七字短詩，最具代表性的點評家是柄井川柳因而名之。使用口語嘲諷社會百態及人生為其特色。

3 江戶中期至晚期的川柳句集。

「肆拾圓。」

我在那張提款單塡上肆拾圓，然後寫上存摺帳號、住址、姓名。存摺上的舊地址青森市某町某番地被人畫線槓掉，旁邊註明新的住址北津輕郡金木町某某方。我當下猜測此人或許是因青森市被燒毀才遷居此地，果然被我猜中了。然後，塡寫的姓名是「竹內時」。我暗自猜想，這可能是他妻子的存摺吧，但是，我猜錯了。

他把那個遞進窗口，又與我並排坐在長椅上，過了一會，另一個窗口負責交付現金的郵局人員喊道：

「竹內時女士。」

「來了。」

老爹坦然回答，走向那個窗口。

「竹內時。肆拾圓。是你本人？」

局員問。

「不是。那是我女兒。對。我的么女。」

「最好盡量請她本人過來。」

說著，局員還是把錢交給老爹。

他收下錢，然後，像要乾咳似地稍微聳起雙肩，面露狡滑的微笑朝我走來，

「她本人，已經去陰間了。」

後來，我經常在郵局遇見那位老爹。他每次一看到我，就古怪地笑了。

「老闆。」他喊道，然後，「幫我寫。」他說。

「多少？」

「肆拾圓。」

每次，都是固定數目。

然後，其間，我從他那裡陸續聽說。照他所言，他果然嗜酒如命。肆拾圓，好像也是當天就會變成他的酒錢。在這一帶，還有很多黑市的私酒。

他的兒子，去戰場尚未歸來。長女嫁至北津輕這個城市的桶店。火災前，他本來與么女一同住在青森。但房子因空襲付之一炬，二十六歲的么女嚴重燒

傷，雖然接受醫師治療，最後還是喃喃囈語著「大象來了、大象來了」，就這麼斷了氣。

「也許她是夢見大象了吧。做這種夢還眞荒唐。啐！」才見他笑著說，不知怎地，居然哭了。

所謂的大象，或許，其實是發音相近的增產二字。那位竹內時小姐，據說生前一直在公家機關工作，我猜想，「增產來了」這句話，說不定在公家機關有什麼特別意義，所以變成了口頭禪。但是，按照那個文盲父親的解釋，說女兒是夢見大象，可悲的感覺要來得強烈幾十倍。

我很興奮，不禁脫口而出。

「就是啊。都是那些正經八百自以爲很帥的議論把國家搞得亂七八糟。如果都是軟弱內向的人，就不會弄成今天這樣了。」

我自己都覺得這個意見很蠢，但說著說著，不禁兩眼發熱。

「竹內時女士。」

局員喊。

「來了。」

老爹應了一聲，自長椅起身。全都拿去喝酒去吧！我恨不得對他這麼放話。

但是，之後沒過多久，這次輪到我萌生「哼，乾脆通通拿去喝酒算了」的念頭。

我的存摺，雖然不是用女兒的名義開戶，但是，內容或許遠比竹內時女士的存摺更寒酸。金額的正確數字說來掃興所以我就不提了，總之那筆錢，是我怕哪天若因某些突發的倒楣事，不得不急忙離開兄長家時弄得太灰頭土臉，所以事先存進郵局備用的。不料那時，某人願意轉讓十瓶威士忌給我，可是幾乎需要將我的存款全數奉上做爲謝禮。我只考慮了一下，心想，哼，全都拿去買酒算了。以後的事以後再說，反正船到橋頭自然直。如果眞的沒辦法，到時再看著辦，總會熬過去的。

我明年就要三十八了，可我至今還是有這種無藥可救的毛病。不過，如果一輩子都保持這副德性，不也是一大奇觀嗎？我一邊這麼荒唐地想著一邊前往郵局。

「老闆。」

那位老爹又來了。

我正要去窗口領提款單，

「今天我不用拿領錢條子。我要存錢。」

他說著拿出一疊厚厚的拾圓紙鈔給我看，

「我女兒的保險金下來了，我打算還是以女兒的名義存起來。」

「那很好。今天，輪到我要領錢。」

事態的發展實在很詭異。二人的手續都辦妥後，我在支付現金的窗口拿到的鈔票，說穿了，正是剛才老爹存進去的那疊鈔票，感覺好像很對不起老爹似的。

然後當我把那筆錢交給某人時，又有種錯覺，彷彿我拿竹內時女士的保險金去買威士忌。

數日後，威士忌搬進我房間的壁櫥，我對妻子說，

「這些威士忌，溶入了二十六歲處女的生命。喝下這個後，我的小說或許也會俄然增添豔色。」

我把當初在郵局與不識字的可悲老爹邂逅之事，從頭開始娓娓道來，妻子卻連一半也沒聽進去就說，

「騙人，騙人，你又亂編故事想嘻笑帶過。對吧，寶寶。」

說著，把爬過來的二歲孩子抱到膝上。

《新風》昭和二十一年一月號

謊言

「戰爭結束後，這次忽然又叫囂著什麼某某主義又某某主義，還發表什麼演說，但我一點也不相信。什麼主義、思想，通通不需要。只要男人不再說謊，女人拋開欲望，我認爲光是那樣便足夠建設新日本。」

我逃難到津輕的老家寄居，鎮日鬱鬱寡歡，倏然來訪的小學同學現在是這個城市的名譽顧問，我對他傾吐這番遷怒的愚論後，名譽顧問笑了，

「哎，言之成理。不過，我倒覺得正好相反。應該是『男人拋開欲望，女人不再說謊』才對。」他明確地出言反對。

我一聽可慌了，

「這又是爲什麼？」

「雖說不管哪種說法似乎都一樣，但是，女人的謊言特別厲害。今年正月，唔，我簡直是毛骨悚然。從此，我再也不相信女人了。拿我老婆來說吧，

即使是那種黃臉婆，說不定，在外面也有野男人。哎，我是說眞的，誰也說不定喔。」他毫無笑意地說，接著告訴我以下這則鄉野祕聞。以下文中的「我」，是指當年三十七歲的名譽顧問自己。

事到如今，我才敢公開這種事，在當時那可是最高機密，在這個地方多少知道這件事的，只有這裡的警察署長（這位署長大人，事後不久便調職了，是個好人），另外，還有我，如此而已。

這年正月，一如日本全國各地，此地也同樣遭逢數十年來罕見的大雪，沿路的電線被積雪壓得幾乎伸手可及，庭樹折斷，圍牆倒塌，也有房屋被壓垮，幾乎像是洪水來襲，連日的暴風雪，令這一帶的交通完全斷絕二十日。事情就是在那時發生的。

大概是晚間八點前吧，我正在教大女兒算術，警察署長就像雪人般倏然來訪。

看起來，似乎出了大事。我請他進來，他卻不肯進屋。這位署長嗜酒如命，與我是最佳酒友，彼此相處本就毫無顧忌，但這晚，他卻異常客氣，杵在門口，吞吞吐吐，「呃，今天，」他說，「我是有事相求。」署長語帶急切地說。這下子我越發斷定事態非同小可，不免也緊張起來。

我套上木屐走下土間，默默帶他去雞舍。爲了讓小雞保溫，雞舍放了火盆。我們悄悄鑽進漆黑的雞舍。即使我們進去了，雞群也毫無動靜，可見我們有多麼躡手躡腳。

我們圍著火盆，相向而立。

「請你務必保密。是脫逃事件。」署長說。

大概是有人自警局的拘留室逃走了吧，我起初這麼猜想。我沒吭聲，靜待他繼續說明。

「想必，在這個鎮上，算是史無前例。你的親戚圭吾，他啊，沒有入隊。」

我宛如當頭澆下一盆冷水。

「呃，可是，那個……」我幾乎是在死命地辯解。「那個，我記得我明明把他送到青森部隊的軍營門口了。」

「是的。這個我也知道。但是，那邊的憲兵隊打電話過來，說他一開始就沒去報到。本來照規矩，憲兵應該會過來搜查，但這麼大的雪，他們也沒轍。因此，他們叫我先私下調查。所以，我有件事想拜託你。」

這個圭吾，是什麼樣的人，你一直待在東京，想必一無所知，況且，當今這種時代，縱使公開應該也不會出什麼問題，所以他究竟是誰，就算挑明身分應該也無妨，不過，無論如何，這終究不是什麼美談，所以我還是不忍心進一步詳細說明他的姓名。總而言之，你只要記得他叫做圭吾就行了。是我的遠親。一個剛娶妻的年輕農民。

那小子收到召集令後，因爲他是個連火車也沒坐過的鄉巴佬，於是由我一路護送到青森的部隊門口，結果現在居然說他沒入隊。想必，他進了營門之後，立刻又轉身溜了出來吧。

署長請求：「那個圭吾即使逃兵也沒其他地方可去，肯定冒著這場大雪，耗費幾天時間翻山越嶺回家來了。他不會死。一定會回家。畢竟，他的妻子是個比他條件好太多的美人兒，所以他一定會回家。因此，我想拜託你。我記得你當初是那對夫婦的媒人，而且，那對夫婦一直很尊敬你。不，這不是在諷刺你。我是說眞的。所以，今晚要辛苦你跑一趟他家，好好勸說他老婆，告訴她這絕對是爲他們好，如果圭吾回來了，一定要偷偷通知你。這兩三天之內如果能找到圭吾，我還可以從中緩頰不讓圭吾受到任何懲罰。畢竟這場大雪，導致交通機構全都一團混亂，關於他延遲入隊的理由，我打算用那個當藉口好生敷衍過去。出了逃兵，對這整個城鎮都是醜聞。就算是爲了本城的名譽，也要拜託你辛苦走一趟。」這就是署長的說詞。

於是，我與署長一同冒著風雪去圭吾家。路程相當遠。我覺得人的一生，還眞是什麼怪事都有。像我這種免服兵役的丁種體格，居然要去說服帝國軍人的妻子，不管怎麼想都有點勉強。

我與署長在圭吾家前默默分開，我獨自走進那戶人家的土間。你過去雖然一直待在東京，好歹也是在這塊土地出生的，應該知道這一帶農家的構造吧。走進土間後，左手邊是馬廄，右手邊是客廳兼廚房的木板房間，有個大火爐，圭吾家也大致是那種格局。

他的妻子還沒睡，正在火爐旁縫衣服。

「噢，眞是令人佩服。哪像我老婆，一吃完晚飯立刻陪寶寶睡覺，就此鼾聲大作。從來沒熬過什麼夜。妳不愧是出征士兵的妻子，佩服，佩服。」我笨拙地贊美，脫下外套後，因爲本來就是不需客套的親戚家，所以我大搖大擺地進屋在爐旁盤腿而坐，

「老太太睡了嗎？」我問。

圭吾有個盲眼的母親。

「老太太最大的樂趣，就是睡覺做個美夢。」媳婦一邊縫衣服一邊略微笑著回答。

「嗯，或許吧。妳也吃了不少苦。不過，現在的時代，國內沒有一個人是幸福的，就算痛苦，也只好暫且忍耐。如果有什麼煩惱，儘管來找我商量，好嗎？」

「謝謝。今天您是打哪兒剛回來嗎？這麼晚才來。」

「我嗎？不，我哪也沒去。直接就上這兒來了。」

我實在很討厭耍心計，不，就算想耍心計，也覺得麻煩，實在做不出來，所以雖然有點尷尬，我還是照實說出實情。為此，有時也難免碰上意外的窘境，不過，我總覺得就算耍心機成功也不可能長久。

這時也是，我認為耍小花樣也沒用，於是照實說出「直接就上這兒來了」這句真話，但圭吾媳婦兒似乎壓根不在意，又拿了二根柴火放進爐子，繼續縫衣服。

恕我冒昧問一句，你我是小學同學，所以今年都是三十七歲，不，再過兩三週就是昭和二十一年，該算是三十八了。如何，到了這把年紀，還是有那方面的欲望吧？不，我不是開玩笑，我老早就想找機會問問人了。你看我的頭都禿了，小孩也生了四個，手上的皮這麼厚，皺巴巴的滿是龜裂老皮，這種手要是碰到女人柔軟的和服，手皮勾破人家的衣服那可就糟了，像我這種德性，實在沒勇氣談什麼愛呀戀的，不過，性欲就不一樣了，有時只是稍微和漂亮女人獨處，隨便閒聊幾句，便會心生異樣之感。不知你是怎樣？哎，或許我比一般人的性欲強一點。老實說，我雖已淪爲這種糟老頭，還是無法和一般女人坦然交談。對於與我交談的女人，我當然沒想過什麼愛或被愛的荒唐念頭，但心裡好像起了個疙瘩。很彆扭。無論如何，就是無法像跟男人說話時那麼爽快。總覺得內心某處，有團污糟糟的東西。我想，那可能還是我的性欲作祟，不知你覺得如何？不過，偶爾也有女人讓我完全感覺不到那種疙瘩。八十歲的阿婆或五歲女童，那自然不列入問題考慮，但偶爾也會有些女人，即便我正值虎狼之年，而且對方又是大美人，卻一點也不會讓我感到彆扭，可以非常輕鬆地與她對坐。那究竟該怎麼解釋呢？我最近又開始一頭霧水了。但以前，我是這麼想的：不會讓我感到彆扭的，換言之，也就表示不會讓我感到絲毫性欲，所以一定是那個女人的精神高貴；至於交談之後讓我感到疙瘩的女人，雖然我不見得有什麼愛不愛的明確情感，或許卻在我自己也沒發覺的情況下，產生模糊的欲望，進而影響對方，讓對方莫名彆扭吧。總之，我就是這麼想的。簡而言之會令我在交談中忐忑不安的女人，雖不至於用淫蕩形容，多少總是性感的女人，令人難以敬佩；至於可以令我坦然交談的女人，則是端莊女子值得尊敬。

但是，說到圭吾的妻子，別人是怎樣我不清楚，但對我而言，過去一次也沒在她面前感到任何疙瘩。這年頭，已經沒有所謂的地主與佃農了，但這個媳婦本來是我家代代佃農的女兒，從小就看似面帶深思。她擁有農民之間罕見的纖細身材、雪白肌膚，長大之後臉蛋變得有點戽斗，講得難聽一點也有些像般若面具，但是，在本地是出名的美女，沉默寡言，工作勤快，而且我最欣賞的，是她完全不會讓我感到那種疙瘩，所以我才把她許配給親戚圭吾。

即使關係再怎麼親近，我與那個小媳婦畢竟是外人，我也不是老態龍鐘的老人，更何況對方年輕貌美，而且丈夫在外出征，這麼晚了還大搖大擺地上門拜訪，孤男寡女坐在爐旁說話，一般說來，本來不是什麼好事。但是，唯獨那個小媳婦，一點也不會讓我感到心虛，而我一直以爲那是因爲她的人品高潔，因此我毫不在意，坦然自若地繼續與她長談。

「老實說，我今天來是有要緊事拜託妳。」

「唔。」小媳婦說著，停下縫衣的手，茫然盯著我的臉。

「不，妳繼續做妳的針線活兒沒關係，妳冷靜聽我說。這是爲了國家，或者該說，是爲了本鎮，不，是爲了你們一家，請妳好好聽我說。不說別的，這首先也是爲了圭吾自己，爲了妳，爲了老太太，還有，爲了你們家的祖先、子孫後代，無論如何，這次我的請求，妳一定要聽。」

「到底是啥個事兒？」小媳婦繼續做針線活兒，小聲說道。神色看起來毫不擔心。

「妳可別驚訝，不過，哎，這種事任何人聽了都得驚訝，老實說，剛才警察署長到我家找我。」我沒有耍任何心機或心眼，把署長說的話如實轉述，「哪，圭吾的確做錯了，不過，無論任何人，難免都會中邪，或者說鬼迷心竅，會有一時衝動的時候。這就像出麻疹，人心裡的毒素，好像非得找機會散發一下才行。所以，錯誤已經犯下了也沒辦法，但努力不讓那個錯誤鬧得更大，應該是妳我的眞心想法吧。署長也說絕對不會害你們。他可不是會騙人的人。爲了本鎮的名譽，他說只要能在這兩三天內找到圭吾，他一定會設法讓圭吾完全不用受到軍方懲處。署長和我都會保密。絕對不會告訴本鎮任何人。所以拜託妳。圭吾一定會回來找妳。如果他回來了，妳什麼都不用想，立刻來通知我就對了。這首先是爲了圭吾，爲了妳，爲了老太太，也是爲你們家的祖先、子孫著想。」

小媳婦面不改色，一邊繼續做針線活兒一邊默默傾聽，這時，聳肩長嘆一口氣，

「他眞傻。」說著，用左手背拭淚。

「妳也很痛苦。這個我明白。但是，如今在日本，比妳痛苦數倍的人不知道有多少，所以妳現在也要熬過去。切記切記，圭吾如果回來了，一定要來通知我。拜託！過去我從來沒有求過你們什麼事，唯有這次，拜託，我求妳，我跪地請求妳一定要幫忙。」

我深深低頭行禮。暴風雪的呼嘯中，夾雜著馬廄那邊傳來的低咳聲。我霍然抬頭，

「剛才，是妳咳嗽嗎？」

「不是。」小媳婦疑惑地看著我，平靜回答。

「那麼，剛才是誰咳嗽？妳沒聽見嗎？」

「我什麼也沒聽見呀。」她說著，嫣然淺笑。
這時，不知爲何，我忽然毛骨悚然，全身起雞皮疙瘩。
「他是不是回來了？喂，妳可別騙我。圭吾是不是躲在馬廄裡？」
我驚慌失措的模樣，看起來想必很滑稽，只見小媳婦把膝上的針線活兒推到一旁，臉埋在膝上，嗤嗤偷笑。過了一會她抬起頭，像要忍住笑意，咬緊下唇，她仰起宛如剛出浴一般泛起紅潮的臉蛋，撩起散落的髮絲，然後，忽然恢復正經直接面對我，
「請放心。我也不是笨蛋。如果他回來了，我一定會去您府上通知您。到時候，還請您多多幫忙。」
「噢，是嗎。」我苦笑，「剛才的咳嗽聲，大概是我聽錯了。如此看來，果然還是女人比男人堅強。那麼，一切就拜託妳了。」
「是，我知道。」她堅定地首肯。
我如釋重負，剛起身準備告辭，馬廄那邊就傳來：「笨蛋！你怎能不愛惜生命！」那分明是警察署長的聲音。接著，是可怕的巨響。

名譽顧問說到這裡，一邊拿火筷撥弄火盆的火，沉默半晌。

「後來呢？結果是怎麼回事？」我催問。「他在嗎？」

「別提在不在了，」說著，他把火筷猛然戳進灰燼深處。

「人家根本早在二天前就已回來了。你說過不過分。他二天前就跑回來了，然後，與他老婆商量後，躲在馬廄的小閣樓——在這一帶稱為夾層，算是用來放乾草之類的地方。當然，這是他老婆出的主意。他母親是瞎子，小媳婦就隨口哄騙，然後偷偷把圭吾藏在馬廄的夾層，一天三餐替他送過去。事後，圭吾是這麼招認的。沒錯，那個小媳婦一句話也沒說。事到如今，她居然還裝傻。虧我那晚去他們家跟她剖心置腹地講了半天，而且，我一個大男人，還跪下來懇求她，結果她居然一派鎮定。反而是在馬廄夾層偷聽的圭吾，覺得內疚，你知道嗎，他在馬廄樑上掛了繩子，居然打算懸樑自盡。

署長與我分手後，基於職業病大概又在那附近繼續打轉監視。他察覺馬廄有人，於是從土間悄悄探頭一瞧，只見圭吾吊在半空。於是，他才大吼『笨蛋！怎能不愛惜生命！』急忙把人放下來，這時我們也趕到了，署長的那聲

『笨蛋』，令我兩一起跳起，不禁面面相覷，這時，小媳婦一臉無辜歪頭傾聽馬廄動靜的模樣，哎，簡直是神了。太可怕了。然後，我們跑到馬廄一看，圭吾已被署長逮住，她赤裸裸的謊言都已經在眼前拆穿了，居然還從我身後探頭覷視圭吾，小聲說，『你什麼時候回來的？』要不是後來聽說圭吾早在二天之前就回來了，我八成會永遠相信這個女人眞的直到這時才發現圭吾返家吧，肯定是。之後她再也沒開過口，不時甚至浮現淺笑，也不知她在盤算什麼、打什麼主意，反正我完全摸不透。我以前很尊敬她不會讓我感到絲毫性欲，但是想想，或許還是會讓男人稍微產生性欲的女人，比較善良誠實。反正不管怎麼說，從此我再也不相信女人說的話了。

後來圭吾立刻拿著署長開的證明，前往青森，安然無事地執勤，在終戰後立刻返家，至今仍夫妻恩愛地過日子，但我對他老婆目瞪口呆，再也不輕易上圭吾家。不過，虧她能那樣大大方方一派鎭定地說謊。在女人能夠那樣坦然說謊之際，我看日本是沒指望了，你覺得呢？」

「那不僅是日本，全世界的女人都一樣吧。不過……」我脫口冒出頗爲輕薄的感想：

「那個小媳婦兒是不是迷戀上你了？」

名譽顧問笑也不笑地歪頭思忖。然後，正經地回答：

「沒那回事。」他斷然否認，然後，他更加正經（過去十五年的東京生活中，我從未聽過如此誠實的發言），甚至微微嘆氣，「不過，我老婆與圭吾媳婦兒，關係很惡劣。」

我微笑了。

《新潮》昭和二十一年二月號

麻雀

來到津輕，是八月。之後，過了一個月左右，我從津輕的金木町搭乘津輕鐵道前往路程大約近一小時的五所川原這個小鎮，去買酒和香菸。三十條金雞菸，清酒一升，總算找到後，我又搭上開往金木的輕便鐵道。

「嗨，修治。」有人喊我的乳名。

「嗨，慶四郎。」我也回應。

加藤慶四郎君身穿白袍。胸前佩掛著傷殘軍人的徽章。光看這樣我已猜到一切。

「辛苦你了。」我在這種時候很不會說客套話。講得結結巴巴。

「你呢？」

「碰上所謂的戰災。而且是接連二次。」

「噢。」

對方也紅臉，我也紅著臉，吞吞吐吐，然後，先握手再說。

慶四郎是我的小學同班同學。他玩起相撲是班上第二厲害。最厲害的，是忠五郎。不時，會展開第一名決戰，班上同學都手心捏著汗觀戰，但他每次總是輸給忠五郎。落敗之後，慶四郎會爬起來，發聲喊，一腳重重跺地板，看起來萬分遺憾。直到二十幾年後的現在，我仍然忘不了他那個動作，只要一說到慶四郎就會立刻想起那個動作，想想還挺喜歡慶四郎。

慶四郎小學畢業後就讀弘前的中學，我進了青森的中學，之後慶四郎進入東京的K大學，我也去了東京，卻很少碰面。一度在銀座相遇，那時我身無分文，是慶四郎掏腰包請客。之後我們再也沒見過。只聽說，他從K大畢業後留在東京當中學教師。

「不過，呃，幸好。」我有點辭不達意地說。該說什麼才好，我毫無概念。

「嗯，幸好。」慶四郎坦然應道，「差點就死掉了。」

「就是啊，就是啊。」我有點狼狽地點頭，從口袋掏出剛買的香菸，遞給慶四郎。

「不，我不能抽。」慶四郎拒絕，「這裡不行。」他說著輕拍白袍的前襟。

這時，發車了。

「這樣啊。那酒呢？也有酒喔。」我稍微拎起腳下的包袱給他看。「肺病不能抽菸，但有些人的體質反而適合喝點酒。」

「我想喝。」慶四郎老實回答，「肺病雖然已經完全痊癒了，但抽菸還是會咳嗽所以不能碰。酒倒是無所謂。在伊東跟大家分手時，我也喝了不少。」

「伊東？」

「對。伊豆的伊東溫泉。我在那裡療養了半年。我在中支[1]待了二年，南方一年，病倒之後，才去伊東溫泉療養，但現在想想，在伊東溫泉的那六個月好像最漫長。一想到身體康復後，又得回到戰地，實在很不情願，聽到戰爭結

1 中部支那的簡稱，指中國大陸的華中地區。

束時，我這才鬆了一口氣。與夥伴道別時，大醉一場。」

「你家裡知道你今天回去嗎？」

「應該不知道吧。我之前只寫了明信片，說我也許很快就能回家。」

「那太過分了。你的妻小，也搬來金木的老家了吧？」

「嗯。我一收到召集令，就把老婆小孩疏散到這邊的老家。沒事，用不著通知他們。如果帶了許多外國禮物回來也就算了，可惜，我什麼也沒有。」說著，他撇開臉，眺望窗外風景。

「這個你拿去。吶，這據說是上等酒喔。你拿去吧。在金木，現在一瓶酒也找不到。你把這帶回家，好久沒讓老婆斟酒了，兩口子好好喝一杯吧。」

「若是你斟酒，我倒願意喝。」

「不，我就不打擾了。萬一被嫂夫人當成電燈泡那多無趣。總之，這個你拿去吧。既然你沒通知家裡今天要回去，你家今天肯定無法準備好酒。你不是想喝酒嗎？你從剛才盯著這個包袱的眼神就很不尋常。你肯定想喝。拿去吧。然後，全家人好好喝一杯。」

「不，咱們一起喝吧。今晚，你若能拎著這個來我家，那是再好不過。」
「那可不行。唯獨那個，我心領了。過兩三天我再去吧。」
「那，過兩三天也行，你一定要來找我。這酒就不用了。我家一定也有。」
「沒有，沒有。金木現在一瓶清酒也沒有。總之，今天你一定要把這瓶酒帶回去。」
在我們抵達金木車站之前，一直爲那一升清酒僵持不下。最後，那瓶酒還是說好讓慶四郎帶回去了，不過，我也得在兩三天內去慶四郎家一趟。
三天後，我遵守承諾去慶四郎家拜訪，才發現我送的一升清酒他根本沒碰，一直在等我。我們立刻開始喝那一升酒，他介紹那高大看似溫順的妻子，以及老大是十三歲男孩的三名小孩。
那晚，我從他那裡聽到以下的敘述。
我在中支二年，南方一年，現在回想起來宛如一場遙遠的夢，況且，當兵走南闖北的人，好像不是自己，當時的事，我一點也不想說。總覺得如果說了，就是在說謊。反倒是伊東溫泉的那半年，對我而言更漫長，更能夠感到自己這個苦悶的人，分明活生生地在動著，無論是悲是喜，似乎都會滲透皮膚，在我三年半的軍旅生活中，想對你們訴說的，好像只有最後那六個月的療養生活。

日本人果然背負著一種宿命，好像只要一走出內地，該說是喪失自我嗎，就會飄飄然忘記生活，變得完全無用。在內地，哪怕只是坐兩三個小時的火車，就覺得長途行旅很疲憊了；但在外地，十幾二十個小時的火車旅行，就像去鄰村一樣家常。或許該說是內地的生活密度較高，而且，我們的腦中有那種契合高密度生活的齒輪，所以心情沒有片刻弛緩，即便一小時的旅行也會視爲重大任務。總之，伊東那半年很漫長、很沉悶、分量十足。充滿各種回憶。其中，有件事情恐怕再過十年甚至二十年，不，到死都忘不掉。我現在就告訴你。

當時已是初夏時節，中小城市的轟炸開始，熱海伊東溫泉區不久想必也會被燒毀，處處皆有行李疏散及老弱婦孺避難，呈現可悲的熱絡景像。就在那時候，有一天，午飯後的休息時間，我站在療養院門口茫然望著馬路。該稱之爲太陽雨嗎？明明是晴天，不時卻零星下起閃爍金光的細雨。燕子的腹部擦過道路低空飛過又翩然飛去。那時候，我在想什麼呢？馬路對面的黑色木板圍牆下有一株繡球花綻放，想到那朵花至今仍深印腦海，或許那時我這個大老粗也萌生了一種近似旅愁的傷感情懷吧。

「阿兵哥，你會被雨淋濕喔。」

療養所的斜對面有個小小的射擊場，女孩正在店面深處紅著臉笑。那個女孩名叫阿常。大約雙十年華，沒有母親，父親在療養所打雜。她是個高大白皙的女孩，總是悠哉地笑嘻嘻，不像此地的東北女人那麼壞心眼、對男人刻意警戒，伊豆的女人好像多半都是那樣，還是南方的女人好，哎，那是題外話了。總之阿常在療養所的士兵之間很吃香，當時，盛傳有個關西腔的年輕士兵已將阿常如何如何，我當然也一肚子悶氣。不，如果像你這樣說出來就完了，但我那時並不是因爲想到阿常才淋著太陽雨佇立門旁。不，也許是吧。也許是偷偷意識到射擊場，才看著繡球花故作姿態。不過，我絕對不是因爲迷戀阿常，所以才站在門口猶豫著要不要去阿常的射擊場。基本上，我們已經不是那個年紀了。我當時眞的只是茫然站在門旁。但是，我本來就不討厭阿常，而且也的確很在意她和那個小白臉的傳聞，若說站在門口時完全沒把阿常的射擊場放在心上，那或許是騙人的。人的心理，可不像你們寫的小說那麼明確，實際上恐怕更曖昧不清。尤其是男女之間的心意，有可能因爲每個當下的某種契機，便出現意外轉變。我這可不是諷刺。你應該也有經驗吧。不管喜歡或討厭，都很容易。總之，那時我被阿常叫住，然後，就傻呼呼地去了阿常的射擊場。

「阿常，妳不疏散到鄉下嗎？」

「我要和你們在一起。管他是死掉還是失火，我都不在乎。」

「眞厲害。」

我只能這麼說。我暗自斷定，看樣子，阿常眞的和那個關西小子勾搭上，熱戀當中什麼都豁出去了。我不免有點莫名感傷。

「那我打打看麻雀吧。」我說著拿起空氣槍。

那個射擊場，難度最高的，就是打麻雀。鐵皮做的麻雀像鐘擺一樣左右晃動，客人要用小小的鉛彈射擊。打到尾巴或身體都不會墜落。一定要打到頭部靠近口喙處才會墜落。可是，等我摸透空氣槍的特性後，通常第一發，就可以一槍命中。

阿常捲動箱子的發條，麻雀開始喀噹喀噹地左右晃動。我瞄準目標，扣下板機。

喀噹喀噹。

沒打中。

「怎麼回事？」阿常知道我通常第一發就會命中，因此狐疑地說。

「讓開，是妳太礙眼了。」我開著拙劣的玩笑。東北人在這種時候，好像總是無法故意亂用一句「馬有失手人有失蹄」來嘻笑帶過，眞是傷腦筋。

事實上，她的確礙眼。阿常在我們開始射擊後，多半在槍靶附近徘徊，一下子撿子彈，一下子調整槍靶的位置，但我素來不覺得她有那麼礙眼。然而這時，站在麻雀槍靶旁邊面帶笑容的阿常，卻顯得格外礙眼又危險。

「讓開，讓開。」我勉強擠出笑容，一再強調。

「好好好。」

阿常笑著閃到一尺外。

我瞄準目標。扣下板機。咻地發射。

喀噹喀噹。

沒打中。

「怎麼回事？」

她又說。

我莫名地躁熱。默默填進第三發子彈瞄準。咻地發射。

喀噹喀噹。

沒打中。

「怎麼回事？」

繼續第四發。沒打中。

「你到底怎麼回事？」阿常說著，蹲下身子。

我不發一語填入第五發子彈。蹲著的阿常，棉褲圓圓的膝頭鼓起。媽的。她已經不是處女了。

我忽然一槍射中那膝蓋。

「啊！」她叫了一聲，向前仆倒。然後立刻抬起頭，

「我又不是麻雀。」她說。

我聽了，彷彿全身被冷水一潑，當場呆立。對不起，對不起……，就算道歉一千遍好像還是於事無補。「我又不是麻雀」，這天眞的一句話，比任何激烈的抗議更加刺痛我。阿常皺起臉，保持蹲姿按住膝頭，低聲呻吟。從她按住的手指之間，流出鮮血。我把空氣槍一扔，從裡面繞到店後方，

「抱歉，抱歉，抱歉。妳怎麼樣了？」

還能怎麼樣。鉛彈打中膝頭，肯定傷勢嚴重。她好像已站不起來。我有點躊躇，最後鼓起勇氣從後方把她扶起來。阿常嚷著好痛，把手從膝頭放開，臉蛋扭向我，「怎麼辦？」她小聲說，悲哀地笑了。

「去療養所包紮一下吧。」我的聲音嘶啞。

阿常似乎已無法走路。我只好將她摟在左腋帶進療養所，前往醫務室。出血雖多，但傷口不大。醫生輕易用鑷子夾出嵌在膝頭的鉛彈，替小傷口消毒綁上繃帶。聽到女兒受傷，打雜的父親飛奔至醫務室。我堆起卑屈的表情陪笑。

「啊，你好。」我說。我這人天生就是只要自覺有錯，便會更開不了口道歉。

這時她父親的眼神，我永生難忘。平時本來是個懦弱殷勤的人，但這時，他倏然瞟向我的眼神，該說是憎惡，還是敵意呢？總之，帶著一種難以言喻的可怕光芒。我當下愣住了。

阿常的傷很快就好了，這起事件，也沒造成療養所什麼問題，頂多只是被兩三個朋友嘲笑幾句就沒事了，但是，我的思想，可以說已被那天發生的事徹底改變。從那天起，不知何故，我厭倦了戰爭。我不想再在別人的皮膚上造成任何一點傷口了。人不是麻雀。以及，孩子受傷時，父母那種憤怒的眼神。我告訴你，戰爭，的確是不好的。

我並非虐待狂。我沒有那種傾向。但是，那一日，我傷害了別人。那一定是戰地的宿醉。我在戰地，傷害的是敵軍。但是，我是否還喪失了自我呢？對此我毫無反省。我無意否定戰爭。但是，那讓我清楚地發現，把殺戮的宿醉帶回內地，稍微顯露那種跡象時，那有多麼惡質。說來還眞奇怪。果然還是因爲國內的生活密度較高吧。日本人這種民族，或許注定了一到國外就兩腿發軟，只能讓生活空轉。在內地時，與在外地時，就連自己，都感到判若兩人，忍不住想掐自己的大腿。

慶四郎的告白結束時，他的妻子端來新酒瓶，默默替我們各斟一杯後便安靜離開。我茫然目送那個背影，爲之愕然。她走路時有一隻腳有點跛。

「那該不會是阿常吧。」

他的妻子，說著一口沒有津輕腔的道地東京話。一方面也是因爲醉了，令我產生奇妙的錯覺。那個阿常，不是說她生得高大白皙嗎？

「笨蛋，你說什麼傻。腳嗎？她說昨天去領配給的木炭走了一里路，腳都磨出水泡了。」

《思潮》昭和二十一年十月號

如是我聞

一

攻擊他人很無聊。該攻擊的，是那些人的神。應該攻擊敵人的神才對。不過，要攻擊，就必須先找出敵人的神。人，很會隱藏自己眞正的神。

這好像是法國人梵樂希[1]的絮語，至於我自己，這十年來，縱使生氣也一再壓抑的事，今後每個月，在這本雜誌（新潮）上，無論因此被人弄得多麼不愉快，我還是非寫不可。那種無法憑自己意志作主的「時期」似乎終於來臨，因此種種緣故也請諒解，或者做好恩斷義絕的心理準備，即便我知道此舉會讓那些批評這樣太誇張或太做作的人不滿，換言之，我還是打算寫一寫自己的抗議。

我在一開頭提到梵樂希的絮語，多少也有點以毒攻毒的味道。因爲我接下來要攻擊的對象，大多是二十年前去巴黎留學，或者，母子相依爲命，爲了家計，只因現在法國文學當紅，爲了當孝子、會賺錢的丈夫，動不動就在文章裡搬出法國人的名字，這種所謂「文化人」的明星，以及趁著這股世間笨蛋宛如歡迎昔日戰陣訓[2]作者（當事人自己或許壓根不這麼想）的風潮「搶搭便車」的人。還有另一種令我深惡痛絕的人，就是認定老東西就該保持古老的人。所謂的新秩序，想必應該也有。在它井然有序之前，或許的確難免會歷經一些混亂。但是，那大概和金魚缸內放入金魚藻時，些許的混濁一樣。

那麼，這個月我該說什麼呢？就像但丁的《神曲》地獄篇一開始出現的（確切的名字，我現在忘了），那個叫什麼艾爾吉里斯還是什麼的老詩人，太久沒說話令我聲音嘶啞，一時之間，或許寫不出振聾發聵足以令諸君自沉睡清醒的好文章，但我確信應該會逐漸贏得諸君的共鳴，於是如此提筆。否則，在這種紙張短缺的時代，我根本犯不著特地寫文章，不是嗎？

有一群所謂的「文壇大老」。我沒機會與其中任何一人面談。那些人的自信之強令我啞口無言。他們那種確信，究竟從何而來？他們所謂的神是什麼？

1 梵樂希（Ambroise-Paul-Toussaint-Jules Valéry, 1871-1945），法國詩人、小說家兼評論家。
2 一九四一年以陸軍大臣東條英機之名發布的日本陸軍戰時規範。

最近，我終於知道了。

是家庭。

是家庭的利己主義。

那是最後的祈禱。我認爲，大家都被那些人騙了。恕我用個卑劣的說法，他們只是疼愛自家妻小罷了。

我看過某位「文壇大老」的小說。啥也沒有，只是緊繃著臉故作清高，擺出呼應周遭支持者喜好的表情。輕薄莫此爲甚，但笨蛋將之稱爲「偉大」，說那是「潔癖」，更過分的人，甚至好像還尊稱那是「貴族作風」。

欺世盜名，指的就是這種人。既然輕薄，那就輕薄又有何妨。爲何非得把自己本質的那種輕薄，轉換成別種性質示人？我不是在批評輕薄。我自己，也認爲自己或許是這世上最輕薄的人。我只是怎麼也無法理解，爲何非得把輕薄與其他性質混爲一談。

到頭來，或許是因爲唯有家庭生活的安樂才是他們的最後心願吧。雖然被妻子吃得死死的，不知何故，卻又渴望得到妻子的認同，啊啊，眞下流，那種心情，在作品的某處，總令我莫名所以的，比方說，聞到廁所的臭氣。

寂寥。那是珍貴的心靈糧食。但是，那種寂寥，若只與自己的家庭有關時，在旁人看來，非常醜陋。

那種醜陋，如果懷著自己所謂的「惶恐」寫出來，想必也能成爲有趣的讀物。但是，他們把自己當成殉教者，矯揉造作地寫出來，據說還有讀者爲那種痛苦正襟危坐，那種愚蠢，簡直令人啼笑皆非。

所謂人生（唯有這點，我敢秉持確信說，那是痛苦的場所。呱呱落地就是不幸的開始），只是不斷與人相爭，在那餘暇，我們必須吃點好吃的東西。

有所助益。

那又怎樣。好吃的東西，就算沒有所謂的「助益」，如果不嘗嘗，哪裡會有我們活著的證據。好吃的東西，不可不嘗。絕對該嘗。但是，過去那些所謂的「大老」送上的菜色，沒有一樣讓我覺得美味。

在此，我也想過是否該一一舉出那些「文壇大老」的名字，但我打從心底輕視那些人，所以與其指名道姓，我寧願說我已忘記他們的姓名。

他們全都不學無術。很暴力。不懂軟弱之美。單是這樣，對我而言，就已不美味了。

什麼是美味，什麼不美味，不懂這個的人很悲慘。我認爲日本的（日本這個國號，我認爲也該改變，還有，一輪紅日的國旗，我也認爲應該立刻更換）這些人，無藥可救。

他們似乎沒有享受藝術的能力。毋寧，讀者與之不同。反倒是那些儼然擺出文化指導者嘴臉的人，啥也不懂。在讀者的支持下，勉勉強強，對於我（太宰）這種不健康的作品，頂多只會說，哎，好像算是精心力作吧。

美味。舌頭如果有問題，吃不出味道，那就只剩下分量，或者，口感，只有那個會是問題。好不容易辛苦了半天，捨棄不好的材料，精心挑選眞正美味的部分，送到客人面前，客人卻一口囫圇吞下，還抱怨這樣不夠果腹、怎麼沒有更有益身心的東西，說穿了，他們在食欲方面很淫亂。我個人實在難以奉陪。

他們完全無知。什麼也不懂。甚至連所謂的溫柔都不懂。換言之，我們的前輩，可曾付出像我們慰勞前輩、拼命試圖理解前輩的一半或四分之一的努力，想一想後進晚輩的痛苦？這就是我想抗議的。

某位「大老」，據說批評我的作品故意裝傻很惹人厭，那位「大老」自己的作品又如何？是在誇耀誠實嗎？要誇耀什麼呢？那位「大老」，似乎對自己的男子氣概極爲自豪，有一次我翻開那人的選集一看，書中大剌剌地刊出側臉玉照，而且毫不羞恥。我認爲此人簡直沒神經。

那人之所以覺得我裝傻，或許，是因爲我的疲懶，但是，此人卯足勁兒的方式，於我而言也不得不退避三舍。

卯足勁兒說話正是沒神經的證明，而且，也顯示完全沒有顧及他人的神經。

沒有delicacy（這個字眼，果然令人有點不好意思）那種東西的人，縱使自己再怎麼不當回事，也不明白對他人造成多深的傷痛。

這種自視不凡，那也不行，這也不好，什麼都看不順眼的文豪，說來丟人，在我們周遭多得是，至於海外，好像並不常見。

還有，據說某位「文豪」，批評太宰不懂東京話，我懷疑，此人把他生於東京長於東京當成——不，是只抓著那個當成救命繩索過日子。

那就像批評人家鼻子塌，所以寫不出好文學。

最近，我深感哭笑不得，所謂的「大老」們，似乎正在悲嘆國語的混亂無序。那是惺惺作態。自以為是。國語的混亂無序源自國家的混亂無序，他們卻視而不見。那些人，即便在戰時，也從不是我們的依靠。在那一刻，我認為，我看清了那些人的眞面目。

本來道個歉就行了，說聲對不起也就沒事了。他們卻至死都想以原本的姿態賴在同一個地方。

我認為所謂的「年輕人」也很沒出息。你們難道沒勇氣推倒神壇嗎？對你們來說，不好吃的東西，斷然拒絕又有何妨？一定要改變才行。我雖非一味求新，但是，如果任由這神壇保持原狀，對我們而言，老實說，堪稱自殺。

講了這麼多，如果「大老」還是只感受到「年輕人」的誇張，或者氣燄，那我只好做自己到目前為止最討厭的事了。這不是威脅。我們的痛苦，已迫近眼前。

這個月我寫的，雖只是一般概論，而且好像是炮火四射藉此泄恨的文章，但是，這一篇先表明了我自己的態度，請將其視爲我今後對蛋頭學者、笨蛋文豪逐一提出異論的前奏曲。

敬告我的小說讀者，請勿責怪我這種輕率之舉。

二

因爲他們能說，不能行。他們把難擔的重擔捆起來，擱在人的肩上，但自己一個指頭也不肯動。他們一切所做的事都是要叫人看見，所以將佩戴的經文做寬了，衣服的繸子做長了。喜愛筵席上的首座，會堂裡的高位，又喜愛人在街市上問他安，稱呼他拉比[3]。但你們不要受拉比的稱呼。也不要受師尊的稱

3 猶太人中的特別階層，主要為有學問的學者、老師，也是智者的象徵。

呼。

你們這假冒爲善的文士有禍了！因爲你們正當人前，把天國的門關了，自己不進去，正要進去的人，你們也不容他們進去。你們這瞎眼領路的，蠓蟲你們就濾出來，駱駝你們倒吞下去。你們這假冒爲善的文士有禍了！在人前，外面顯出公義來，裡面卻裝滿了假善和不法之事。你們這假冒爲善的文士有禍了！因爲你們建造先知的墳，修飾義人的墓，說：「若是我們在我們祖宗的時候，必不和他們同流先知的血。」這就是你們自己證明是殺害先知者的子孫了。你們去充滿你們祖宗的惡貫吧！你們這些蛇類、毒蛇之種啊，怎能逃脫地獄的刑罰呢？[4]

L君，不好意思，這個月我寫的文章，恐怕像是專門針對你。你現在，據說成了學者。你一定很用功吧。大學時代的你，好像不太「出色」，想必還是靠「努力」吧。講到這裡，之前我在偶然的機會下，拜讀了你寫的散文，那種吊胃口的姿態，令我甚感驚訝，同時，你身爲外國文學家（這個字眼也頗爲奇妙，聽起來也像是外國的作家），對於聖經，似乎是以隨便的態度閱讀，眞令我捏把冷汗。自古以來，紅毛文學者之中，可有一人不曾因聖經受苦？有哪個不是以聖經爲主軸旋轉的數萬星斗？

但是，那是我所謂的天眞感受，你們雖已察覺那點，或許卻因害怕自我破產故意視而不見。學者的本質。那個我多少也懂。你們所謂的「神」，是「美貌」。是雪白的手套。

我記得以前，基於研究聖經的需要，我曾學過希臘文，但那種異樣的愉悅，以及宛如得到麻醉劑的不自然自負（絕非因爲我的怠惰），讓我放棄繼續學習。如果你們一直坦然浸淫在那種堪稱不健康的、奇妙空轉的自尊中，或許，就算被那位耶穌批評「你們好像粉飾了的墳墓，外面好看[5]，云云」也怪不得別人。

4 摘自馬太福音第二十三章。
5 同樣出自馬太福音第二十三章。

用功不是壞事。壞的是用功的自負。

我看了你們所謂「用功」的精華翻譯，實在得到很大的樂趣。關於那個，我一直對你們心懷感謝。但我也覺得，再沒有比你們最近的散文更可悲貧乏之物。

你們（最好記住），只不過是語文教師。你們擁有美滿家庭，與妻小一同高呼紅豆湯萬歲，卻撰文介紹波特萊爾的憂鬱，這種荒唐之舉固然不用說；同時，你們聲稱不看原文便無法體會箇中滋味卻又誇耀自己的傑出翻譯，這種矛盾，也同樣不用多說。最重要的是，你們，似乎完全不懂「詩」。

你們逃避耶穌，逃避詩，又不甘心被人視為單純的語文教師，於是應記者之請，裝成什麼「拉比」，但是你們，在世上多少取得信賴的最後一樣東西是什麼？如果明知如此，為了保全自身的「地位」，卻不動聲色地利用，那很丟人喔。

教養？你們對那個恐怕也沒自信吧。大抵上，何者美味、何者難吃，香氣、臭氣，你們一律無法區別。你們只是看到別人推崇的外國「文豪」或「天才」已有百年歷史，所以才跟著叫好罷了。

優雅？對那個，你們大概也沒有自信。雖然對之憧憬到可憐的地步，你們能做到的，頂多只有紅瓦屋頂的文化生活吧。

對語文，你們當然全無自信。

但是，你們卻用宛如「啓蒙家」的口吻，若無其事地勸說民眾留洋。

說不定，在那方面，你們與民眾的互相欺騙反而意外成立。別說不可能。民眾很奇特地，對留洋這種行爲，抱持可畏的關心。

不妨想想鄉巴佬上東京吧。二十年前，只要某人說他去上野看了某某博覽會，吃了廣小路的牛肉壽喜燒，回鄉下之後，就等於渾身鍍了一層金。民眾自嘆弗如，所以推崇備至。遑論若在東京苦學三年，擁有法律學位（不過，透過函授講座好像也可以拿學位）的經歷，就算不情願也會被推舉爲全村的領袖之一。鄉下人出人頭地的捷徑，就是去東京。而且，那個鄉下人，到了適當的時機一定會返鄉。這就是祕訣。與家人吵架，被趕出來似地自鄉下來到東京，博覽會、皇居二重橋、四十七士之墓[6]一律沒看過（或者也不想看）的人，才是我們的夥伴，日本所謂的「留洋者」之中，究竟有幾人是抱著逃離日本的心態上船的？

去外國很辛苦，但只要熬個三年，便可成為大學教授，光宗耀祖告慰老母，被周遭如此祝福、歡送的，不就是你們這些留洋者的多數人嗎？那是日本留洋者的傳統，所以也難怪沒出現什麼像樣的學者。

在我看來，實在很不可思議，每次看到所謂「留洋」學者寫的所謂「留洋回憶」的文章，大家好像都在外國過得很開心。但我確信他們絕對不可能過得開心。日本這個國家，自古以來就不被外國民眾關心。（發動魯莽無謀的戰爭後，似乎變得稍微有名了。但那也是惡名。）我深深覺得，那種鄉下中學團體到東京旅行的模樣著實悲慘，但如果自己去外國，肯定也會是那副模樣。

面貌醜陋的東洋人。小氣的窮學生。鄉巴佬。哇噢，嚇死人。黃板牙。你們日本有火車嗎？對家裡遲遲沒寄錢來的不安。那些憂鬱與屈辱還有孤獨，到底有哪個「留洋者」寫過？

說穿了，只是窮開心。逛上野的博覽會。廣小路的牛肉很好吃。這樣有何進步。

奇妙的是，你們這些「留洋者」，總喜歡隱瞞你們在外國生活的窩囊。不，不是隱瞞，也許你們根本沒發覺，如果眞是這樣就沒啥好說的了。L君，我絕對不會與你來往。

順便說一聲，你們這些「留洋者」倒是挺會拍馬屁。在酒席上，作家（無論是再怎麼愚蠢的作家）都還不至於如此，你們卻會說：啊呀太宰先生嗎，久仰久仰，你的某某作品眞是令人嘆服，我們握個手吧云云。我這廂還信以爲眞，結果，之後卻在報紙的時評或座談會上，偶爾會看到同一個人判若兩人地把我的作品貶得一文不值。我想這大概也是你們在留洋期間學會的吧。殷勤與復仇。受挫的文化猿猴。

你們經歷過窩囊的生活。而且，現在也成爲窩囊的人。別隱瞞了。

---

6 替主君報仇的四十七名赤穗藩士，翌年被幕府下令切腹，葬於東京泉岳寺。

在此要談點私事，是我個人的回憶。我進大學那年春天，我的兄長來東京，（父親死了，兄長年紀輕輕便繼承了父親的大筆遺產，做爲遺產的用途之一，兄長似乎起意做一趟所謂的環遊世界之旅。）在我位於高田馬場的寄宿處附近的蕎麥麵店，兄長說：

「你要不要一起去？我打算環遊世界一周就回來，但你若想中途在法國一帶落腳，研究法國文學也可以，一切聽憑你的自由。你可以等大學法文系畢業後再去法國，也可以先去法國再上大學，就看哪樣比較方便你念書。」

我幾乎是不假思索便回答：

「那當然還是先在大學打好基礎比較好。」

「是嗎。」

兄長怫然不悅。他本來大概想帶我一起去順便幫他翻譯，但我拒絕了，他只好另做打算，就此未再提起出國的話題。

事實上，當時的我，完全是在說謊。那時候，我喜歡上一個女人。我不想與她分開，所以才隨便找藉口拒絕留洋。爲了這個女人，後來我吃盡苦頭。但是，現在我並不後悔做過那些事。因爲我甚至認爲，比起留洋，和貧窮愚蠢的女人吃苦，就個人事業而言，更加困難，也更光榮。

再沒有比留洋者的這些外國經歷談，更令人感到空洞的東西。那與鄉下人的東京遊記極爲相似。如同風景明信片，其中，毫無市民的生活氣息。

若拿論文來比喻，那就像婦女雜誌上〈新婦人的前途〉這種標題，舉世無雙超級沒內容、卻又好像別有意味般矯揉造作的論文。

即便自己再怎麼沒內涵、卑劣、僞善，反正世上這樣的同類多得很，沒必要爲此自苦，講那種破壞好事的冷嘲熱諷，總之只要出人頭地就行了，只要得到教授的頭銜就行了——如果你們正在偷偷這麼盤算，那我也沒什麼好說的了。

不過，世間學者，這陣子，好像特別愛對我的作品說三道四。有人勸我說，反正那些人都是笨蛋，無論在任何時代都會有那種人，所以不用在意。但是，我可沒有那麼寬容大度足以微笑聆聽那些不潔笨蛋（也可稱爲惡人）的說詞，況且，我也不是對批評毫不在意的脫俗高人（那種脫俗高人，古今中外，我敢保證找不出一個）。甚且，我也沒有那麼強烈的自信，深信自己的作品不會被任何惡評摧毀，所以對於暗自反感的他人言行，現在，我才會試圖做出自衛的抗議。

某位「外國文學者」，在某文藝雜誌發表了對我的〈維榮之妻〉這篇小說的讀後感，我看了之後，只覺對方的愚蠢令人目瞪口呆，甚至認真懷疑他這該不會是蓄膿症的症狀吧。雖說大學教授也沒什麼了不起，但這種人居然在大學教文學，此種犯罪之惡質簡直令人戰慄。

那傢伙是這麼說的：「我聽說法蘭索瓦．維榮[7]並不是這樣的人。」這是多麼彆扭的虛榮啊。既不風趣也不好笑。甚至不夠諷刺。他們這些大學教授，在這種地方，悄悄自我安慰，這似乎就是所謂學者皆有的可悲自尊心的表情。還有，照那個笨蛋教授所言，「作者躲在這部作品的後面嘻嘻奸笑。」看到這裡，簡直荒謬可笑到令我拿筆的手都發抖。這是多麼貧瘠的空想力。正在嘻嘻奸笑的，應該是那位教授自己吧。其實那種笑聲更適合那位教授。

我那篇作品的讀者，假設有五千人，會感到嘻嘻奸笑這種卑穢言詞的，除了那位「高尚」的教授，我想恐怕找不出第二人。光榮的人啊。汝爲五千人之一。你應該稍感可恥。

本來，作者與評者、讀者的關係，比方說應該是正三角形的三個頂點，（如果在△的三個頂點各自面朝外而坐那就沒戲唱了，三者各自朝內相向而坐，作者敘述，讀者傾聽，評者或是附和作者或是提出質疑，或者代替讀者請求打住。）這時，笨蛋教授大搖大擺地出現了，就好比在直線放上一點，假設那是作者與讀者的話，教授就是在同一直線上，而且是介入二點之間，突兀地嘻嘻奸笑。正在敘述故事的作者，以及讀者，只能備感困惑。

其實我也不想講到這種地步，但我只記得自己一邊寫作，一邊費盡力氣拼死拼活地努力，可不記得曾經嘻嘻奸笑。哎，這本來就是理所當然的嘛。就連現在也是，我一邊寫一邊深深對你的愚蠢感到厭煩，筆沉重得不禁蹙眉。

7 法蘭索瓦・維榮（Francois Villon，1431-1463），十五世紀法國詩人。一生放浪形骸、命途多舛，太宰治以〈維榮之妻〉為小說篇名，借古喻己。

正如我在文章一開頭引用的經文，你們這假冒爲善的文士有禍了！因爲你們建造先知的墳，修飾義人的墓，說：「若是我們在我們祖宗的時候，必不和他們同流先知的血。」

對於一兩百年或三百年前，所謂品牌保證的文豪作品，你們二話不說就三跪九拜，努力宣傳；對你身旁的作者作品，卻只能理解嘻嘻奸笑，我只能說，枉費你苦讀多年的文學也令人懷疑了。連耶穌基督都看不下去。

另一個外國文學者，如此評論我的〈父親〉這個短篇：「當下讀來很有趣，但翌晨便已毫無印象。」此人追求的，是宿醉。在那當下讀來有趣，那即是幸福感。此人非要把那種幸福感持續到翌晨的貪婪、淫亂、強勢，顯然也是大笨蛋老師之一。（爲求謹慎我得先聲明。你們被人這麼批評，尤其，是被我這種掛著某種標籤的人這樣批評時，總是故作高雅地露出苦笑，說什麼「根據太宰老師的說法，我好像是貪婪、淫亂、剛愎、大笨蛋老師之一」試圖輕輕帶過，若有這種卑劣又小家子氣的毛病，你們最好改一改。我可是說眞的。那才眞的是請你們認眞一點。不如用力恨我，多思考一下吧。）沒宿醉就不滿足的狀態，那才是眞正的「不健康」。你們怎麼會那麼不知羞恥、只想要東西呢？

關於文學，最重要的，是「盡心」。說「盡心」你們可能不懂。但是，若說「親切」，又太露骨了。心趣。心意。用心。這些說法，也不夠貼切。簡而言之，就是「盡心」。當作者的「盡心」與讀者相通時，文學的永遠性，或文學的可貴、喜悅，這些東西才能成立。

食物，並非只要能塡飽肚子就好，這個我記得上個月也提過，進而，烹飪眞正的喜悅，與分量多寡固然無關，甚至，也與好不好吃無關。廚師的「盡心」，才是令人喜悅的。用心烹調的菜色，會令人嘆服吧。很美味吧。光是這樣就夠了。追求宿醉的心情，很下作。最好戒掉。你有時似乎很欣賞的作家毛姆[8]，就是有點宿醉的作者，想必正合你的胃口吧。但是，你最好知道，在你身旁的太宰這位作家，至少，比那位老爺爺更風流瀟灑。

---

8 毛姆（Somerset Maugham, 1874-1965），英國著名劇作家和小說家，作品探討人性，悲憫人類無窮欲望。

你們明明什麼都不懂，卻樣樣都自以爲行家地插嘴，令我忍不住也想寫出這些話。其實你專心做翻譯就夠了。你的翻譯，我也獲益良多。何必老是寫愚蠢的散文，最近，你和那個嘻嘻奸笑的老師，好像都沒怎麼鑽研語文吧。如果怠忽語文的學習，你們會自取滅亡喔。

要有自知之明。我再重申一次，你們，只不過是語文教師。甚至不配成爲所謂的「思想家」。啓蒙家？錯！想想王爾德[9]、盧梭的受難吧。不如好好孝順父母。

親身浸淫在波特萊爾的憂鬱、普魯斯特的倦怠的那種人，至少絕對不會是從你們的周遭出現。

（就是說嘛，太宰，好好教訓他們。那些教授，太自大了。你這樣還算是客氣的。我也老早就一肚子火氣了。）

背後傳來這樣的聲音。我轉身回答那個男人：

「你在胡說什麼。比起你，不管怎樣，那些老師們都好太多了。你們根本就『做不到』吧。『做不到』的人，那就壓根不列入考慮了。不過，如果你們希望，下個月，我倒是不介意針對你們說幾句。你們很卑鄙。畢竟，你們是徹底的草包，所以只會抓著不屬於『文學』的部分攻擊別人。譬如說，那就像劍道比賽時，明明應該攻擊面、胴體、前臂這些地方，你們卻將比賽與生活混爲一談，狠狠攻擊對方沒有護具的上臂或小腿骨。而你還以爲那樣算是獲勝，實在太卑鄙了。」

三

有個字眼叫做謀反。另外，也有官軍、賊軍這些字眼。在外國，好像很少使用與之契合的字眼。主要好像是用背叛，叛變這些說法。「這是謀反！這是謀反！」會這樣大呼小叫的，似乎只有日本的本能寺[10]。所謂官軍，對於所謂

9 奧斯卡・王爾德（Oscar Wilde, 1854-1911），愛爾蘭作家、詩人、劇作家。
10 指天正十年（1582），明智光秀於京都本能寺襲擊主君織田信長逼其自殺的事件。

賊軍，大呼「全是烏合之眾」來提高士氣。謀反，在惡德中是最嚴重的，所謂賊軍是最低賤的，日本社會似乎就是這麼規定的。我們素來被教育：謀反者和賊軍，縱使贏了，也是所謂的三日天下，遲早會滅亡。仔細想想，其實這才是陰險的封建思想。

以前，也有人做過那種事，那只不過是權勢欲作祟或博取人氣的冒險舉動罷了，只要冷眼旁觀任其大放厥詞，遲早會自取滅亡。似乎也有前輩如此擔心我，心想太宰這下子也完了吧，應該給一點忠告。不過自古以來，眾人認定必輸無疑的謀反者，這次不見得會輸，其中不也有民主革命的意義嗎？

民主主義的本質，堪稱因人而異，我認爲，「人不服從人」或者「人無法征服人，換言之，無法當作奴才」，就是民主主義的起源思想。

有所謂的前輩。而且，那種前輩，好像「永遠」比我們了不起。他們那種「前輩」優位制度，幾乎與暴力一樣粗暴野蠻。比方說，我現在寫所謂前輩的壞話，不是鵯越的逆落[11]，倒像是鵯越的逆上。抓著岩石、桂樹、土塊，獨自往上攀爬，但是，那些前輩聚在山頂上，一邊抽菸，一邊俯瞰我那種丟臉的模樣，說我笨，說我骯髒，說我媚俗，說我大逆不道，然後，等我稍微往上爬，他們便極爲隨意地，把腳下的一顆石子踢過來。令人忍無可忍。伴隨著尖叫的醜態，我跌落。山頂上的前輩哄然大笑，不，笑還算是好的，他們甚至裝作不知我被踢落，圍桌打起痲將呢。

縱使我們如何聲嘶力竭，所謂世間，仍舊半信半疑。但是，前輩只要說一句那個不行，便如同聖旨綸音。雖然他們其實過著放蕩的生活，卻是可以贏得世人信賴的生活。而他們，就精明地利用了世人這種信賴。

我們永遠不如他們。我們嘔心瀝血的作品亦然，和他們的作品比起來，永遠不堪一讀。他們利用世人的那種信賴，說一聲：「那個不行。」世人便會輕易同意：果然如此啊。前輩們只要有那個意願，甚至可以把我們送進精神病院。

奴性。

11 源平兩軍對戰時，源義經在鵯越的山路一口氣衝下陡坡施展的奇襲戰法。

他們有意或無意識地，盡可能倚賴那種奴性。

他們的自私，冷漠，自戀，和讀者的奴性似乎配合得天衣無縫。某位評論家，對某大老的作品三跪九拜，並且說：「那位老師不會媚俗所以了不起。哪像太宰之流，只會逗讀者發笑……」

奴性也該有個限度。換言之，完全不檢討自己卻來侮辱我的作家傻得很幸福。在文評家當中，這種所謂的「半瓶醋」很多，令人作嘔，他們彷彿以為，如果不懂得水墨畫美在何處，就等於不懂高尚的藝術。他們以為光琳[12]的極彩色就不是高尚的藝術嗎？渡邊崋山[13]的畫，不也全是這種貼心的服務嗎？

頑固。憤怒。冷淡。健康。自我中心。似乎也有人以為這些是優秀藝術家的特質。這些氣質，好像都被視為男性特質，但那反而是女性的本質。男人不像女人那麼易怒，並且溫和。頑固這種東西，只不過是沒教養的妻子擁有的偏頗下等脾性。前輩們何不稍微停止欺負弱小。那距離所謂的「文明」最遙遠。那只是靠蠻力。如果前輩去聽聽三姑六婆的對話，想必會察覺。

晚輩對前輩的禮貌，學生對老師的禮貌，孩子對父母的禮貌，那些，我們早已被一再教導，而且，多少也自認遵守；但前輩對晚輩的禮貌，老師對學生的禮貌，父母對孩子的禮貌，這些卻從來沒人教過我們。

民主革命。

我痛感其必要。把所謂能幹的青年女子，逼向荒唐的破壞思想的，正是你們這些前輩對民主革命漠不關心的頑固所致。

拜託聽聽年輕人的說法！然後，拜託多想想！我寫出〈如是我聞〉這種拙文，不是因爲瘋了，不是因爲自大，不是受人吹捧，更不是爲了博取人氣。我是認眞的。不要輕易下定論說什麼以前人人都那樣做，換言之，不過爾爾。不要自以爲是地斷言以前有，所以現在也要步上同樣的命運。

賭上性命去行事是有罪的嗎？偷工減料敷衍了事，只爲追求安樂的家庭生活而工作是對的嗎？對於我們的苦惱，你們可曾稍微設想一下。

12 尾形光琳（1658-1716），江戶中期的畫家、工藝家。創立後世稱為「琳派」的裝飾性畫風。
13 渡邊崋山（1793-1841），江戶末期的畫家。隨谷文晁習南畫，吸取西畫技法，確立寫實畫風。

到頭來，我這種手記，只會成爲愚行嗎？我鬻文爲生，已有十五年。但是，至今我的發言好像還是毫無權威。要得到別人的像樣對待，大概還得再花二十年吧。二十年。管他是偷工減料敷衍了事的作品還是怎樣都好，總之精明地死巴著新聞這玩意，二十年，對前輩畢恭畢敬，安分守己，似乎這才總算可以得到「信賴」，但要做到那種地步，我終究沒把握有如此忍耐力。

那些人彷彿沒有苦惱。對於日本的諸前輩，我最不滿的一點，就是對於苦惱，他們完全是胡說八道。

到底哪裡有「暗夜」。其實只是前輩自己在那邊手舞足蹈，嚷嚷著什麼原不原諒人吧。前輩以爲自己有原不原諒這種嚴重的權利。但您自己又如何？恐怕沒那個資格批判別人吧。

有位作家名叫志賀直哉[14]。是業餘玩家。如同六大學聯賽[15]。友人曾說，小說如果是一幅畫，此人發表的，是書法，但那貌似「氣派」之物，換言之，只不過是那人的自戀。只不過是對腕力的自信。我從那人的作品中只感受到本質的「不良性」或「浪蕩子」。高貴性，應該是軟弱的。是手忙腳亂、令人臉紅的。說穿了那人不過是暴發戶。

有種人叫做應聲蟲。他們尊敬那人、保護那人，圍毆說那人壞話的人，汗流浹背拼死拼活試圖藉此勉強保住自己在世間的地位。那是最下流的。他們多半以為那是有男子氣概的「正義」，藉此自我滿足。也許是受到國定忠治[16]的電影影響。

眞正的正義，是沒有老大，沒有手下，自己也很軟弱，被哪兒收容的模樣才能得到認可。我要再次強調，在藝術方面，沒有老大或手下，甚至沒有友人。

寫這篇文章，我是抱著全部抖出來的打算，但我發表〈如是我聞〉這篇照世人看來明顯是愚行的文章，並非爲了攻擊「個人」，而是對反基督教的戰

14 志賀直哉（1883-1971），其創作生涯中，唯一的長篇小說《暗夜行路》自傳色彩濃厚，探討寬恕與否的問題。

15 應指東京六大學棒球聯賽。最早本為早稻田與慶應二校的比賽，後因應棒球的高人氣，明治、法政、立教、東京大學也相繼加入，變成六大學聯賽。

16 國定忠治（1810-1850），江戶末期的俠客。傳奇的一生成為後世戲劇的角色。

鬥。

他們只要一說基督，總是立刻露出貌似輕蔑的苦笑，好像有種「怎麼，又是耶穌啊」的安心，但我的苦惱，可以說幾乎全部都與耶穌這個人的「汝當愛鄰人如愛己」這個難題有關。

且容我說一句。你們身上，一如欠缺苦惱的能力，在愛的能力方面，也付之闕如。你們或許會愛撫，卻不愛。

你們的道德，全是爲了保護你們自己，或者你們的家族，別無其他。

我再問一次。被世間放逐亦無妨，拼命行事是罪過嗎？

我不是爲了自己的利益才寫。你們或許不相信吧。

最後我要問。軟弱、苦惱是罪過嗎？

寫完這篇時，偶然間，我看到某雜誌的座談會記錄。根據記錄，志賀直哉這人，「兩三天前看了太宰君的《犯人》，我認爲很無聊。從一開始就已知道了，所以就算沒看到最後也知道結局……」他如此評論，不，據說如此發言，

（但是，座談會的記錄，或者訪談內容，往往當事人自己都不記得。因為發言時很隨性，所以拿那個大做文章的確值得商榷，但我不是針對志賀個人，而是針對那句話，有點想反駁。）但在作品的最後一行才餵食給讀者的，想必也不會是什麼好味道的東西。

把所謂的「結局」，瞞了又瞞，最後倏然出現。將之視為過人才華的前輩誠可悲哉。藝術不是比賽，是奉獻，是努力不讓讀物受傷的奉獻。但是，或許也有很多變態反而喜歡被傷害。就算那場座談會記錄沒有如實記下志賀直哉此人的發言，如果他講的是類似的話，那是那個老人的自我破產。太蹧了吧。看來你家也有所謂的自戀鏡。避開「結局」，卻一直在寫那個暗示與興奮的不就是你自己嗎？

還有，有人像端茶的小廝般阿諛追隨那個老人狐假虎威，聲稱「您批評得對，像大眾小說呢！」那種卑劣瘦削的俗物作家，更是不值一提。

四

看了某雜誌的座談會記錄，志賀直哉這個人莫名其妙說我的壞話，令我有點生氣，於是在這本雜誌上個月的小論，文章最後的附記，我也口不擇言地狠狠回敬了一番，但我覺得光是那樣還沒說夠。他到底是憑什麼說得那麼傲慢。若用將棋來比喻一般小說，他寫的東西，是詰將棋。是那種一再喊將軍、將軍，拼命進攻，最後必定逼死對方的將棋。這是商家老闆的典型娛樂。沒有絲毫勝負的戰慄刺激。就是因爲他似乎對那種平板引以爲傲才可畏。

說穿了，這種作家，思想粗俗，毫無教養，只懂得胡來，自個兒還得意得不得了，在文壇的角落，頂多受到某些無聊人士的愛戴，曾幾何時，卻借人屋簷，厚著臉皮登堂入屋喧賓奪主，擺出巨匠的架勢，令人不得不爲之失笑。

這個月，關於此人，我打算毫不留情地揭發。

對於贏得孤高或節操、潔癖這類贊美的作家千萬要小心。那種人幾乎都有狐狸性。所謂的潔癖，只不過是任性，頑固，再加上精明，實在很自私。管他是卑鄙還怎樣總之就是想贏。或許該稱之爲想把人當奴才的法西斯精神吧。

這種作家，似乎充滿所謂的軍人精神。剛才我已講過會毫不留情，但我實在無法忍受把這位作家的〈新加坡淪陷〉全文刊出。文章太蠢了。就連東條[17]，都不會寫這麼沒神經的內容。寫的太奇怪了。從這時起，這位作家，似乎就完了。

我有太多話想說。

此人輕蔑人的軟弱。誇耀自己有錢。據說他有個短篇〈小僧之神〉，不知他自己是否察覺他對窮人的殘酷。叫他請別人吃東西，比在電車上讓座更痛苦。虧他好意思談什麼神。他那種神經，簡直跟暴發戶一模一樣。

同樣是在某座談會上，（你爲什麼那麼在意我呢？丟臉。）據說他表示：「我看了太宰君的《斜陽》，眞是令人無言。」對於「令人無言」這種卑劣的說詞，我才眞的是目瞪口呆。

17 東條英機（1884-1948），一九四一年擔任內閣總理大臣兼內務大臣，同年十二月七日下令日軍攻擊珍珠港，導致太平洋戰爭爆發。

我總覺得「無言、傷腦筋」這種說法，歇斯底里又不學無術，是無意義激昂的浪蕩子口吻。看了那篇座談會的記錄，那位不聰明的作家批評我應該再認眞一點，令我啞然。我看你自己才該想想辦法吧。

而且在那場座談會還挑我毛病，說我文章中的貴族女子居然用鄉下女傭的說詞，但我記得你的〈兔子〉裡，好像有「父親您要**御殺害**兔子嗎？」這種敬語，令我深感奇異。「御殺害」眞是說得好啊！你都不覺得丟人嗎？

你眞以爲自己是貴族嗎？我看你甚至不是小資產階級吧。對於你的弟弟，你採取的又是什麼態度，無論是好是壞你都寫不出來吧。把家人罹患流行性感冒當成天大的事描寫，深信那是作家正道的你，那張馬臉未免太難看了。

所謂強悍，所謂有自信，那並非成爲作家的重要條件。

過去，我見過那位作家就讀高等學校時，在櫻花樹旁刻意擺姿勢的照片，我覺得這個學生眞討厭。照片完全看不出藝術家的軟弱。只有沒神經、做作。那是塗抹淡妝的運動員。欺負弱小。自私自利。腕力看似很強。再看作家年長後的照片，原來是個平凡的園丁大叔。很適合穿工人的作業服。

關於我的〈犯人〉這篇小說，「那個我看了。糟透了。打從一開始就知道結局了。作者以爲我們不知道，還拼命寫。」他如是說，但那根本不是結局，一開始就已知道，還要說得好像只有自己慧眼識破似的，未免近似老糊塗了。那不是偵探小說。毋寧，你的〈雨蛙〉才是幼稚的「結局」吧。

你究竟憑什麼那樣自以爲了不起呢？難道不曾反省過自己是否已經不行了嗎？別再逞強了！這樣只顯得面目猙獰。

還有，雖然是要講這個作家的壞話，但是看了此人最近被評爲佳作的文章實在令人費解。

換言之，「站在東京車站少了屋頂的步廊上，雖然無風，但是冷得要命，穿來的外套剛剛好。」眞可笑。看到「冷得要命」這句描寫，還以爲會發抖呢，結果下一句居然是「穿來的外套剛剛好」，這是怎麼回事？簡直亂七八糟。這篇作品，對少年工人沒有表露出任何同情。似乎用了冷淡的、讓人感到愛情的老套手法，可惜很失敗。而且，看到最後一行，「這是昭和二十年十月十六日的事」，簡直令人噴飯。已經沒辦法再掩飾了。

我現在覺得最滑稽的，就是寫出那種〈新加坡淪陷〉的作者[18]，（客套就免了吧。你不預期地實現了一億一心[19]。當今日本不可能有親英美的思想。吾人的心情開朗，非常鎮定。這不是你說的嗎？）戰後，突如其來，又冒出內村鑑三老師這個名字，據說此人在某雜誌的訪談中，曾提到自己至今未淪為軍國主義得保節操，全是因為有恩師內村鑑三的教訓云云。訪談雖然不可盡信，但就算是一半的內容，那種天真也足以惹人發笑。

這位作家似乎特別受人尊敬，但他為何受到那種尊敬，我完全無法理解。他到底做過什麼大事業？好像只是完成大型鉛字書罷了。他寫的《萬曆赤繪》我也看過，很愚蠢。我覺得太自大了。那就像是寫自己放了個屁，再用大型鉛字組合起來，與讀者看了為之正襟危坐的荒謬沒兩樣。作家固然有毛病，讀者也不正常。

說穿了，他是借人屋簷棲身卻喧賓奪主大搖大擺踞坐的狐狸。沒別的。此時此地，如果有那位作家的選集，我還可以一一指出，奇怪的是，現在，我和妻子翻遍書箱也沒找到一本。我說大概是沒緣分。雖已是深夜，後來還是去熟人家，拜託對方隨便借我幾本志賀直哉的書，於是借到了《早春》與《暗夜行路》，還有刊載〈灰色之月〉的雜誌。

《暗夜行路》。

書名很誇張。他好像經常說別人的作品都是唬人的，但他應該先看看自己有多唬人。他的作品，幾乎都是在虛張聲勢。詰將棋就是指那種情形。這種作品到底哪裡有暗夜？只不過是嚴重的自我肯定。

那到底有哪點好？只不過是自戀吧。感冒，得中耳炎，那就是暗夜嗎？實在費解。這簡直像是那種拼字教室、少年文學嘛。結果曾幾何時，喧賓奪主，明明不學無術卻大言不慚地登堂入室。

其實，我寫這種志賀直哉的事，感到相當鬱悶。為什麼呢？他是所謂的好男人，似乎也有一定的財產，身旁有賢妻陪伴，小孩健康活潑肯定很尊敬父

18 志賀直哉在該文中贊美戰爭，宣揚大日本帝國。

19 二次大戰時常用的口號，呼籲全國一億國民團結一心投入戰爭對抗英美等國。

親，而且他住在風景優美之處，也沒聽說遭逢戰災，所以八成穿著手織的上等和服，再加上他自己也沒有肺病之類的惡疾，訪客都很高雅，圍著他猛喊老師、老師，對他隨口說出的隻字片語都嘆服不已，氣氛一團和氣。最近，太宰這個不知天高地厚的傢伙，好像針對老師說了什麼，那傢伙很卑鄙，所以不用理他（笑聲）。可是，那個討厭的（直哉曰，我實在找不出他的優點）四十歲作家，不誇張，一邊吐血還一邊努力寫正統小說，但他的努力反而遭到大家嫌棄，帶著三個虛弱的幼兒，夫妻從不曾衷心歡笑過，住在紙門的骨架、屏風的內襯都已殘破的五十圓出租公寓，二度遭受戰火波及，本來也想穿好衣服的男人，只能穿著過短的褲子和木屐，代替照顧小孩的妻子去買菜。然後，只因為斗膽向這個志賀直哉抗議，過去來往的前輩友人們，關係都變得很尷尬。即便如此，我還是非說不可。因為狐狸化身的冒牌貨，對我辛苦寫的作品說什麼「無言」還自以為是。

志賀直哉這人的作品，據說被評為嚴肅，但那是騙人的，甜美的家庭生活，主角的耍賴任性，簡而言之，那種看似安逸快樂的生活成了魅力所在。雖然似乎只是暴發戶，總而言之，有錢，生於東京，長於東京（生於東京，長於東京的這種自尊心，在我們看來，非常荒謬無稽，但他們說到**鄉巴佬**時，帶有多深的輕蔑感，想必超乎讀者諸君的想像），浪蕩子，不，稍微不良，骨架結實，濃眉大臉，光著身子角力，對那種力量之強引以為傲，叫囂著能贏就好，只要用萬能的傲慢口吻說一句「令人不快」，鄉下來的窮人，想必就會被嚇傻了吧。

他放個屁，和鄉下來的小人物放屁，意義似乎截然不同。他說那是「因人而異」。不聰明、感性遲鈍，成天只想著我、我、我，只想當第一名（而且，是用受人庇蔭卻喧賓奪主的卑鄙方法），為達目的不擇手段，這就是他們這種腕力家的特徵。只見他一不高興，便強忍尿意，彎著腰，唰唰唰地快速寫稿，然後，讓身邊人謄稿。那在他的文章模式中清楚呈現。他是殘忍的作家。我想一再強調。他是落伍、粗暴的作家。秉持落伍的文學觀，他文風不動。頑固。他似乎以為那是美德。那樣很狡滑。只不過是貪心。想必也有種種盤算。正因如此，我才討厭他。才會覺得非打倒不可。只要有這麼一個頑固老頭，他的家人，全都會不幸地嘆息。別再做作了。你說我「有種討厭的架勢，找不到優點」，那是因爲你已經像打石膏一樣笨拙固定、姿勢愚蠢。

軟弱一點吧。若是文學者就該軟弱。要柔軟。努力去理解你的做法以外的東西，不，去理解那種痛苦。如果眞的無法理解，那就閉嘴。別隨便出席什麼座談會丟人現眼。明明不學無術，卻仰仗什麼直覺之類不可靠的玩意，十年如一日說別人的壞話，暗自竊笑，洋洋得意，像這種人，我才是「無言」。此人爲了獲勝，使出卑鄙手段。在俗世，卻成功贏得別人的評價：「那是好人，是有潔癖的了不起的人。」簡直是惡棍。

你們得到的（所謂文壇生活不知幾年），只有社會信賴。只要聲稱嗜讀志賀直哉，似乎就成了沉穩、品味良好的證據，但你們不覺得可恥嗎？在那位作家生前，所謂符合「善良風俗」的作家，你們知道是哪種作家嗎？

你應該去當議員才對。那種厚顏無恥、自我肯定，最適合當民意代表。你在那篇〈新加坡淪陷〉的劣文（連那篇劣文也裝糊塗，試圖掩飾，眞是可畏的良心家）中，就像牛頭不對馬嘴，頗爲唐突地，用了「謙讓」這個字眼，但那才是你最欠缺的品德。你那醜惡的腦袋充滿的，只有自以爲是。《文藝》的這場座談會記錄一讀之下，你在年輕人的面前頗爲張狂，洋洋得意，而那些年輕人，也只會講些莫名其妙的話諂媚你，但我不打算說年輕人的壞話。因爲我知道，被我批評，只會讓那些人的坎坷行路增添無謂的困惑。

「因爲我比太宰年長。」你這句話，聽來好像是說年紀大就有權利說壞話，但我的情況正好相反，「因爲我比較年長」所以不願說年輕人的壞話。還有，在那座談會的記錄中，有一句「這樣好像變成在批判名聲好的人讓我有點爲難」，令我深感此人實在太醜陋卑鄙。這個人，其實意外對「名聲」敏感吧。既然如此，這麼說或許比較好：「此人最近名聲似乎頗佳，因此我想對他提出忠告。」至少這樣還有點關愛之情。他的發言，只有扭曲的虛張聲勢，毫無溫情。瞧瞧，對於自己寫的〈邦子〉還有什麼〈偷小孩的故事〉，毫不臉紅地炫耀，拼命講解文章的優點、好處。那種老糊塗的態度，只能令人噴笑。作家混到如此地步，已經完了。

此人似乎頻頻指稱別人是「贋品」，但他自己才是二十年如一日，早已發霉的文學論。比起日常生活日記般的小說，贋品不知耗費了多少心血，卻得不到所謂批評家的青睞，這點從〈克勞地的日記〉[20]應該也能窺知。只有怠惰的人，換言之，對自己日常生活自戀的人，才會寫那種像日記一樣的玩意。那樣對不起讀者，所謂思索虛構，那才是作家真正的痛苦所在吧。說穿了，你們只是懶惰，於是狡滑地敷衍了事罷了。因此，你們批判那些用生命寫作的作家，才是真正的落井下石。向來總是如此，無意義地折磨我的，唯有你們。

於你，我厭煩的，還有一樁。那就是你完全不懂芥川的苦惱。

被埋沒者的苦悶。

軟弱。

聖經。

生活的恐怖。

敗者的祈求。

你們什麼也不懂，卻似乎對無知的自己頗為自豪。天底下有那種藝術家嗎？只知道俗世智慧，談不上任何思想。所謂一開口就堵不住正是指這種人。

只憑著別人的言行舉止，就想判斷別人。下流指的就是這種人。你的文學中，說穿了，沒有任何傳統。契訶夫？別開玩笑了。你根本什麼也沒讀吧。不讀書，證明此人不孤獨。雖然僞裝隱者，但周遭如果沒有喧囂不斷就該偷笑了。那種文學，我不認爲打破了傳統，我甚至覺得，那樣就像這把年紀還大搖大擺地寫兒童讀物，得意忘形的人。不過，像安徒生的〈醜小鴨〉那樣的「天才作品」，似乎一篇也沒有。只不過是虛張聲勢。是力氣特大的小鬼頭，山大王[21]，乃木大將[22]。

此人總說貴族如何如何（說到貴族，奇怪的是大家總會特別激動），在某報的座談會上，皇族殿下說，「我愛看《斜陽》，會對他人的不幸感同身

20 志賀直哉發表於《白樺》雜誌的作品，從哈姆雷特之叔父的觀點，以日記的方式重新詮釋哈姆雷特的故事。

21 兒童遊戲之一，數人爭相攀爬小丘，首先登頂者即可誇耀自己是山大王。也用來形容坐井觀天自鳴得意的人。

22 乃木希典（1849-1912），陸軍上將，在二戰前與東鄉平八郎一起被多數日本人奉為「軍神」。但是，戰後由於受到司馬遼太郎作品《坂上之雲》的影響，有言論開始評價乃木希典是無能的「愚將」。

受。」那樣，不就好了嗎？誰管你們這些暴發戶。嫉妒。你都這把年紀了，真是丟人現眼。要**御殺害**太宰嗎？誰罵我我就罵誰，這場筆戰我奉陪到底。

《新潮》昭和二十三年三、五、六、七月號

人生絮語

關於人生

生而爲人，我很抱歉。

〈二十世紀旗手〉

…

人的一生，是旅行。像我這種人，即便在妻子身旁，即便與孩子玩耍，即便與情人漫步街頭，也不可能得到自己所謂的「最終」平靜。這趟旅程，似乎也有人善於旅行，有人則否。

不善旅行的人，在旅行第一天，已經盡情享受旅行，第二天，開始發覺旅費幾乎已用罄，別說是享受旅途風景了，只能庸俗地擔心金錢問題，弄得精疲力盡，旅行也成了地獄。好不容易爬回妻子身邊，還要挨妻子罵。

至於善於旅行者，事態正好相反。

〈「井伏鱒二選集」後記〉

••••

旅行本來（人的生活，想必亦然）就是無所事事。從早到晚，能夠安坐在溫泉旅館的陽台藤椅上，眺望前方滿山紅葉度日的人，該不會是傻子吧。

〈「井伏鱒二選集」後記〉

••••

在旅途中，不善旅行的人最怕的，大概就是抵達目的地之前花在交通工具上的時間。換言之，會有幾個小時自人生「下車」。有人無法忍受，遂在車上喝威士忌，最後還是受不了索性中途下車，試圖靠自己的力量四處走。

然而，所謂「善於旅行」的人，對於那段乘車時間，雖然或許談不上享受，至少，可以認命。

能夠認命接受，甚至可以用可怕來形容，是很了不起的能力。人在對這種能力心懷戰慄上，實在太遲鈍。

〈「井伏鱒二選集」後記〉

……善於旅行的人，在生活中也絕對不會落敗。說穿了，是懂得花牌[1]的「下桌方式」。

〈「井伏鱒二選集」後記〉

……活著，是很辛苦的。處處纏繞鎖鍊，稍微一動，便有血噴出。

〈櫻桃〉

……啊啊，活下去，眞討厭。尤其是男人，既心酸，又可悲。總之，什麼都得戰鬥，而且，**非贏不可**。

〈美男子與香菸〉

……痛苦越多，相對的，回報越少。

〈碧眼托缽〉

••••

當今世人，渴求一句溫言軟語。尤其是異性的一句溫言軟語。總想被明朗完美的假話老實騙上一回。

〈創生記〉

••••

人生的出發，總是太天真。先試再說吧。破局之後，亦有春天來到。何愁無法重回櫻桃園。

〈花燭〉

••••

通常在我自感零落，意識到自己是失敗者時，總會想起魏倫[2]哭泣的臉，因而得到救贖。會想要活下去。那個人的軟弱，反而賜給我活下去的希望。我

1 日本傳統的牌戲之一。每張牌上繪有不同的花草圖案代表不同的點數，故稱為花牌。
2 魏倫（Paul Marie Verlaine 1844-1896），法國詩人。

頑固地相信，若非窮極儒弱的內省，絕不可能發出眞正崇高的光明。總之，我想繼續活下去試試。正所謂，本著最高的驕傲與最低的生活，姑且活下去。

〈漫談服裝〉

⋯

唐詩選的五言絕句中，有一句人生足別離，某位前輩將之譯爲人生唯「再見」二字。的確，相逢時的歡愉轉眼即逝，唯有別離時的傷心永難忘懷，說我們總是活在惜別之情亦不爲過。

以「Good bye」爲題談現代紳士淑女的別離百態雖然誇張，只盼能寫盡種種離別樣貌。

〈「Good bye」作者之言〉

⋯

對於世間，我漸漸不再防備。我開始覺得，所謂世間，其實也沒那麼可怕。換言之，過去自己的恐懼，是春風中有數十萬的百日咳黴菌；澡堂裡，有數十萬令人瞠目的黴菌；理髮店有數十萬禿頭病的黴菌；省線列車上的吊環有疥癬蟲蠢動；還有，生魚片、生烤豬牛肉，必然藏著絛蟲的幼蟲，或者吸蟲什麼的蟲卵；還有，赤腳走路時腳底會被玻璃碎片刺傷，那個碎片有可能鑽入體內最後戳進眼球導致失明，這種所謂「科學的迷信」也令人飽受威脅。的確，有數十萬黴菌浮游蠢動的說法，在科學上，想必是正確的吧。同時，我也發現，只要完全漠視那個存在，那只不過是與自己毫無關係立刻便可令其消失的「科學的幽靈」。假設便當盒剩下三顆飯粒，如果一千萬人每天各剩三顆飯粒，就等於是浪費好幾袋的米。或者，一千萬人如果一天各節省一張衛生紙，不知能省下多少紙漿。像這種「科學統計」，不知令自己受到多大威脅。每次哪怕是剩下一顆飯粒，或者每次擤鼻子，便得爲浪費成堆白米、成堆紙漿的錯覺而苦惱，心情低落得彷彿自己剛剛犯下什麼滔天大罪。然而，那才眞的是「科學的謊言」、「統計的謊言」、「數學的謊言」。三顆飯粒不可能收集，就算是當作加減運算的應用問題，也是最原始最低能的題目。那就像是計算在沒開燈的昏暗廁所中，幾次之中會有一次一腳踩空掉進那個洞中；或者，就像計算省線列車的出入口，與月台邊緣之間的縫隙，會令多少乘客失足陷入的機牽問題一樣可笑。雖然的確有可能發生，但我從來沒聽說過掉進廁所洞裡受傷的眞實案例，把那種假說當成「科學事實」學習，完全視爲眞實，直到昨日仍爲之恐懼的自己，甚至令我感到可愛復可笑，於是，我這才漸漸了解這個世間的實體。

〈人間失格〉

⋯⋯

有一次我說，

「友人全都偷懶玩耍時，唯有自己用功念書，會很害臊，很可怕，我最怕那樣，所以即使一點也不想玩，還是會加入大家一起玩。」

那個中年西畫家聽了坦然回答，

「噢？那大概就是所謂的貴族氣質吧，眞噁心。我看到別人在玩，心想如果自己不跟著玩未免吃虧了，所以玩得更凶。」

當時，我打從心底輕視那個西畫家。此人對於放蕩毫無苦惱。反而以吃喝玩樂爲傲。是眞正愚蠢的快樂兒。

要自殺也行，要長命百歲也行，每個人各走各的路，各自築起自我之塔，唯此而已。

〈斜陽〉

……

生活安樂時，作絕望之詩；失意受挫時，寫生之歡愉。

〈「書簡」——昭和十年〉

……

美夢，不願忘記。人生，但盼有緣。

〈葉〉

……

與死比鄰而居者，比起生死問題，一朵花的微笑更刻骨銘心。

〈潘朵拉的盒子〉

……

〈潘朵拉的盒子〉

優秀如你想必不懂，「自己活著，只會給人添麻煩。我是多餘的。」世上再沒有比這更痛苦的意識。

〈潘朵拉的盒子〉

我們認爲生命輕如鴻毛。但那並非意味著不重視生命，而是代表我們把生命當成輕如鴻毛之物來愛惜。

〈潘朵拉的盒子〉

二十歲時以三十歲的心態生活。三十歲時，以四十歲的心態生活。

〈太宰治警句〉

青春是人生的花朵，同時，也是焦躁、孤獨的地獄。該如何是好，我不知道。肯定很痛苦。

……

青春，是友情的糾葛。努力證明友情的純眞，有時也會令彼此受傷，不愼落入半瘋狂的純眞遊戲。

〈困惑之辯〉

〈貓頭鷹通信〉

……

保持適當分寸。保持適當分寸。

〈思考的蘆葦〉

關於生活

「生活是什麼？」

「忍受寂寥落寞。」

……〈微聲〉

人哪，講得再好聽也沒用。生活的尾巴，垂在後頭喲。

……〈正義與微笑〉

今後要去東京生活，如果無法坦然自若地道聲哈囉這種輕薄至極的招呼，那可不行喔。對於現在的我們，要求什麼沉穩、誠實之類的美德，等於是落井下石。沉穩？誠實？呸！滾一邊去。那還怎麼活啊。如果說，無法輕鬆地道出一句哈囉，那就只剩三條路，一是歸農，一是自殺，還有一個是靠女人吃軟飯。

〈斜陽〉

無論住何處都一樣。沒有特別感慨。對於現在位於三鷹的家也是，訪客雖提出種種感想，但我總是隨口附和。那根本無關緊要吧。對於食衣住行，我毫無興趣。深以講究食衣住行為傲的人，在我看來，不知怎地，總顯得特別滑稽。

〈無趣味〉

期待將別人的家當作休憩之處，或許本就是愚蠢的證明，總之關於這次造訪，吾人有驚人的誤解。若非天大的要事，哪怕是再親近的自家人，或許也不該隨便上門拜訪。

〈喀嚓喀嚓山〉

⁝

我念高等學校一年級時，便已痛感不可能成爲風流雅士，之後對於食衣住行一貫愛好簡便廉價之物。但是，無論是身高，或者臉孔，乃至鼻子，我的確都比旁人大了一號，似乎因此特別惹眼，即便隨便戴頂鴨舌帽，友人也會好心勸告：哎喲怎會戴鴨舌帽，你這又是打哪兒想到的，不太適合你呢，很怪異呢，還是不戴得好。害我不知如何是好。大手大腳的人，似乎因此需要多於旁人一倍的學習。雖然自以爲躲在人生角落盡量低調了，旁人卻不作此想。

〈漫談服裝〉

⁝

我在高等學校一年級時，早已察覺時尚流行的無常，之後，也就破罐子破摔，手邊有什麼就湊合著穿上身，自以爲衣著普通地在外行走，不料卻成爲友人批評的對象，因此，我在膽怯下，似乎變得私下格外講究服裝。說是講究，但我每每被迫體認到自己的粗俗，因此從來沒有那種想穿那個、想用這塊古代布料訂做大褂之類的風雅欲望。別人給啥，我就乖乖穿上。而且，不知何故，我對自己的衣服、內衣、木屐極端吝嗇。把錢花在那上頭時，名符其實，會有切身之痛。

〈漫談服裝〉

⋯⋯

五、六年前，我發現細長的登山杖，遂拄杖漫步街頭，果然又惹得友人憤然抨擊品味低俗，只好慌忙收起。但我其實不是爲了好玩才拿登山杖，實在是普通的手杖太短，無法好好拄著走路。當下，我很煩悶。堅固耐用又細長的登山杖，於我實有肉體上的必要。人家也告訴我手杖不是拄著走路，而是用來拿著走路，但我最討厭拿東西走路。出外旅行時，我也會想盡辦法好讓自己能夠空手搭火車。不只是旅行，在人生的種種時刻，拎著大包小包走路，似乎都是陰鬱的來源。行李越少越好。有生三十二年，一直被迫背負重擔的我，又何必連散步都得拿著麻煩的包袱呢。

〈漫談服裝〉

我生來最討厭的就是浪費食物。我認爲再沒有比扔掉吃剩的東西更浪費的了。對於一個盤子裡的食物，要不然就吃光，否則就完全不動筷。金錢，即使亂花，對於收錢的人，想必還是可以有益地活用。但吃剩的食物，只能倒進垃圾堆。完全是糟蹋。

〈佐渡〉

••••

總會有辦法的。抱著船到橋頭自然直的心情迎接每一日又送走每一日，即便如此，不管怎樣，還是有無能爲力的時候。碰到那種場合，我就像斷線的風筝輕飄飄地被吹回老家。

〈玩具〉

••••

行規律生活，睡雪白床單。

〈太宰治警語〉

⋯⋯

生活。
做好工作後
啜飲一杯茶
茶水的泡沫
將我的臉孔
一個又一個
清楚地倒映
總會有辦法的。

〈葉〉

關於愛

愛是言語。如果沒有言語，這個世間，同時也會失去愛情。若以為愛除了言語之外還有某種實體，那是大錯特錯。聖經上也寫著喔。上面寫說，言語與神同在，言語就是神，其中自有生命，這個生命是人的光。所以要讓母親看這段話。

〈新哈姆雷特〉

無論如何相愛，只要沒把它說出口，彼此便不知那份愛，這種事，在這世間還眞不少。

〈新哈姆雷特〉

愛是言語。我們軟弱無能，所以起碼在言語上要弄得好看些。除此之外，我們還有什麼能夠討人歡心呢。雖不能說出口但我是誠實的——嗎？

〈創生記〉

⋯⋯

汝等要愛鄰人如愛己。
這是我最初的信條，也是最後的信條

〈回信——致貴司山治〉

⋯⋯

在生活中，我一直在思考愛這件事，不只是我，想必誰都會想吧。但是，這件事，很難。談到愛，或許以爲是甘美甜膩的東西，其實很複雜。去愛，是怎麼一回事，至今，我仍不明白。總覺得很少用到這個字眼。即使自以爲是非常深情的人，有時好像完全相反。總之，很複雜。

〈一問一答〉

⋯⋯

有句話說，眞相，等來世再說。眞愛的實證，在這一世，人與人的交情上，或許終究無法指定。人，要去愛一個人，恐怕是緣木求魚吧。唯有神，能夠好好愛。眞的嗎？

大家都很清楚。你的寂寥，大家都很清楚。這，也是緣於我的傲慢嗎？我無話可說。

〈思考的敗北〉

⋯⋯

義務的行使，並非普通小事。然而，非做不可。爲何而活。爲何寫作。對現在的我而言，只能說，那是爲了盡義務。應該不是爲了錢而寫。應該也不是爲了快樂而活。前幾天也是，獨自走在野道上，我驀然思忖。「所謂的愛，到頭來或許也是在盡義務吧。」

〈義務〉

⋯⋯

必要的，並非睿智。亦非思索。非學究。亦非姿勢。是愛情。比蒼天更深的愛情。

〈「書簡」——昭和十年〉

……

眞理不是用來感覺的。眞理，是用來表現。耗費時間，付出努力，創造出來。愛情亦然。忍受自身的心灰意冷與虛無，在溫柔打招呼的舉動中，自有眞實無僞的愛情。愛，是至高的奉獻。切不可當成自我滿足。

〈火鳥〉

……

博愛主義。雪中的十字路口，一人提著燈籠蹲踞，一人挺起胸膛，頻頻叨念著啊呀神啊。提燈籠者卻口呼阿門。令我忍俊不禁。

〈苦惱年鑑〉

……

「愛」是困難的事業。那也許是「神」才有的特殊情感。人去「愛」人，是非同小可之事。絕不容易。神子教導門徒「要原諒七十個七次」。但是，對我們來說，恐怕就連七次都有困難。隨意使用「愛」這個動詞，只是一種諷刺。是謊言。

⋯⋯

人生靠機會。結婚也靠機會。戀愛更要靠機會。雖有許多吃過苦的過來人如此一本正經告訴我，但我並不這麼認爲。倒也不是崇尚那種唯物論的辯證法，但至少，我不認爲戀愛靠機會。我認爲，那是意志的問題。

那麼，戀愛是什麼？照我說來，那非常羞恥。與親子之間的親情那種情感截然不同。翻開現在我桌旁的辭苑一看，關於「戀愛」的定義如下：

「男女之間出自性衝動的愛情。換言之，是渴望與心愛的異性結爲一體的特殊性愛。」

不過，這個定義很含糊。怎樣才算是「心愛的異性」？「愛」這種感情，在異性之間，先於「戀愛」也個別存在嗎？異性之間不是戀愛的「愛」，又是何種感情？喜歡。心疼。痴迷。惦記。緬懷。心焦。迷惘。失常。這些，豈非皆爲戀愛的感情。在異性之間，還有與這些感情截然不同的「愛」這種特殊感情嗎？做作的女人常說什麼：「讓我們以無關戀愛的感情相處吧。你就做我的哥哥。」換句話說，大概就是那個意思吧。不過，依我個人的經驗，當女人講出那種話時，通常肯定可以視爲男人遭到拒絕。沒什麼狗屁的「愛」。做哥哥更是可笑。誰稀罕當妳的哥哥啊。那是兩碼事吧。

〈機會〉

••••

拿耶穌基督的愛相提並論或許很誇張，但若是此人教導的「鄰人愛」我還能理解，至於無關戀愛的「喜愛異性」，我總覺得是一種僞善。

其次，同樣含糊曖昧的，是「渴望結爲一體的特殊性愛」的「性愛」這個字眼。

是以性爲主，還是愛爲主，是先有蛋，還是先有雞，這是個永遠循環不已、異常曖昧的概念。性愛，這種字眼根本不是日語吧。眞想叫他把話修飾得高雅一點。

••••••••

換言之我對戀愛的「愛」字、「性愛」的「愛」字耿耿於懷。甚至懷疑該不會是企圖依恃「愛」的美名來掩飾猥瑣感吧。

……

「好美的月亮啊。」說著，十指交握在夜間公園散步的年輕男女，說穿了並不是相「愛」。他們心中有的，純粹只是「渴望結爲一體的特殊的性煩悶」。

所以，如果我是辭典的編纂者，我大概會這樣定義：

「戀愛。在文化上重新粉飾好色之念。換言之，是男女之間基於性欲衝動的激情。具體而言，是渴望與一個或多個異性結爲一體的特殊的性煩悶。或許亦可稱之爲色欲的Warming-up。」

〈機會〉

……

在日本，「愛」這個字動不動就冠在別的東西上面，似乎這樣就能抬高身價變成什麼有文化的高尚事物，（原本我就討厭「文化」這個字眼。意思是說文的化身妖怪嗎？昔日日本的書中，乃是寫成文華或文花。）稱爲戀也就算了，發明戀愛這種新名詞，在大學講壇上叫囂什麼戀愛至上主義云云，似乎博得時下有文化的年輕男女共鳴，但戀愛至上聽起來好像比較高尚，如果用道地的日語，稱爲色欲至上主義不知怎樣。稱爲交合至上主義，意思也一樣。犯不著那樣瞪著我吧，戀愛女士。

〈機會〉

⁂

不只是戀愛，人生一切都要趁機會，未免卑下。

〈機會〉

⁂

何等平凡。年輕男女談情說愛的對話，不，說不定成年人談情說愛的對話也是，在旁人聽來，那種陳腐、做作令人不禁全身起雞皮疙瘩。

〈犯人〉

說什麼迷戀或被迷戀，這個字眼非常下流，胡鬧，聽起來就有種沾沾自喜的味道，即便在所謂「嚴肅」的場合，只要忽然冒出這麼一句，彷彿憂鬱的殿堂立時崩塌，夷為一片平地。如果不用被迷戀的痛苦這種俗語，改用被愛的不安這種文學字眼，憂鬱的殿堂未必會垮掉，所以想想還真奇妙。

〈人間失格〉

••••

男與女，在名為咖啡的煎豆汁兒倒入大量砂糖，或者在那種叫什麼柳橙汁的黃水裡漂浮一片橘子皮，捧著那種破玩意兒大口猛灌，然後輪流離席去小便，那樣的戀愛場景堪稱完全膚淺。

〈花吹雪〉

••••

我不太喜歡聽別人的戀愛談。因為，戀愛談之中，必然會經過一番粉飾。

〈香魚小姐〉

關於人

我討厭人。不，是害怕。與人面對，如果言不由衷地隨便寒暄些什麼您一向還好吧、天氣變冷了云云，總覺得，心情會變得很苦澀，彷彿自己是世上最大的騙子，恨不得去死。於是，對方也會對我格外戒懼，講些不痛不癢的客套話或者煞有介事的虛僞感想，我聽了，爲對方小家子氣的謹愼感到悲傷，於是越發討厭這個社會。世間眾生，或許就是這樣僵硬地互道寒暄，互相防備，彼此疲於應付，如此度過一生吧。

〈等待〉

••••

人性尊嚴的最終立足點，或許就是足以斷言處處皆有生不如死的痛苦那種自覺吧。

〈東京八景〉

人，全部，都是一樣的。

這算是一種思想嗎？我認為發明這個奇妙說法的人，不是宗教家亦非哲學家更不是藝術家。這是從大眾酒場冒出的字眼。宛如蛆蟲湧現，不知不覺中，也不知是誰先說的，就這麼源源湧出，顛覆全世界，令世界尷尬。

這個不可思議的說法，與民主主義或馬克斯主義都毫無關係。那一定是酒場的醜男對美男子憤然說出的字眼。純粹只是看不順眼。是嫉妒。什麼思想云云，根本不存在。

但是，酒場那種嫉妒的怒吼，莫名其妙地頂著沉思的嘴臉徘徊在民眾之間，明明應該與民主主義或馬克斯主義全然無關，曾幾何時，卻與那種政治思想和經濟思想糾纏不清，變得異樣卑劣。就連梅菲斯特這個魔鬼，對於把這種荒唐放言當成思想的勾當，恐怕也會因為**良心過不去**而躊躇。

人，全部，都是一樣的。

此話何等卑屈。在輕蔑他人的同時，也輕蔑了自己，毫無自尊心，等於硬生生放棄種種努力。馬克斯主義主張勞動者的優勢，絕對不會說什麼都一樣。民主主義主張個人尊嚴，也絕對不會說什麼都一樣。但是，唯有拉皮條的會說，「嘿嘿，就算再怎麼自命清高，還不都一樣是人。」

為何要說**都一樣**。為何不能誇一聲優秀。這是奴性的復仇。

然而，這個說法，其實是猥褻的，詭異的，人們互相戒懼，各種思想被姦污，努力遭到嘲笑，幸福遭到否定，美貌被玷污，光榮被拖累，所謂「世紀的不安」，我認為就是發自這不可思議的一語。

〈斜陽〉

⁂

出了名的惡人，或許反而安全。就像脖子上掛鈴鐺的小貓一樣可愛。不出名的惡棍，才可怕。

〈斜陽〉

⁂

等待。**啊啊**，人的生活中，雖有喜怒哀樂種種感情，但那只不過是占有人類生活百分之一的感情，剩下的百分之九十九，恐怕只是在等待中度過吧。懷著幾欲心碎的焦灼，等候幸福的足音自走廊響起，很空虛。唉呀，人的生活，未免太窩囊。人人都恨不得沒生到世上的這種現實。每日，從早到晚，虛無地等著什麼。太窩囊。眞想歡欣慶幸來到人生，啊啊，贊美生命，贊美人，贊美世間。

〈斜陽〉

⋮

茫然看花，我在想，人，其實也有優點。發現花的美麗的，是人，愛花的也是人。

〈女生徒〉

⋮

人往往被希望哄騙，但是，同樣也會被「絕望」這個觀念哄騙。

〈潘朵拉的盒子〉

人即使跌落不幸的深淵，四處跌跌撞撞，不知不覺還是會摸索著找到一線希望。

〈潘朵拉的盒子〉

‧‧‧‧

人靠著死亡完成。活著時，全都未完成。蟲家飛鳥，活著蠕動時已臻完美，一旦死了，空留屍骸。沒有完成或未完成可言，只是回歸虛無。相較之下，人完全相反。人，唯有死後最像人。這樣的逆說似乎也成立。

〈潘朵拉的盒子〉

‧‧‧‧

在我看來，人都是善良軟弱的。我無法指責他人的過錯。總覺得那是在所難免。我沒見過壞到骨子裡的壞人。大家應該都差不多吧？

〈誰〉

過去的事，全都忘了吧。這麼說，或許強人所難，但是，人不就是背負著某種不可碰觸的深刻傷痕，即便如此，還是咬著牙，故作不知地活著嗎？

〈火鳥〉

人，就要活得像個人。過去，我曾因爲得了這句話肅然端坐。

〈絕不可犯的罪——宮崎讓詩集《竹槍隊》序〉

比起被騙的人，騙人的人，要痛苦幾十倍。因爲會墜入地獄。

〈微聲〉

唉呀，人總是互不理解，完全誤判對方，卻又自以爲是獨一無二的好友，一輩子都沒察覺眞相，等到對方死了，還哭著念什麼弔詞。

〈人間失格〉

徒有感覺的人，近似惡鬼。無論如何都需要倫理的訓練。

被小孩指責冷酷的母親，通常是好母親。我從未聽說有誰小時吃苦，長大造成不良結果。人，從小，就免不了嘗到悲傷滋味。

〈純眞〉

最近我深深感到，人，非得誠實不可。雖是愚蠢的感想，但昨日走在路上，再次深有所感。就是因爲想掩飾，生活才會變得困難、複雜。若能誠實說話、誠實做事，生活其實很簡單。沒有失敗可言。失敗，指的就是試圖掩飾，卻掩飾不住的情形。還有，無欲無求也很重要。如果太貪心，無論如何，都會想掩飾一下，一旦想掩飾，便會造成種種複雜問題，最後露出馬腳，弄得自討沒趣。雖是再淺顯不過的感想，但是，我費了三十四年，才有這麼一點領悟。

〈一問一答〉

••••

人們若用俏皮的說法來談弱點時，會在看似肩頭落葉痕跡之處射上一箭，將之譬爲眞實。但是，與其射進那種明顯的弱點，還不如明知如此卻避開那處故意射歪，讓對方覺得你其實知道，而且自己還故意嘀咕純屬失手，好似眞的不明白。這樣不也挺有趣的嗎？

〈思考的蘆葦〉

••••

人無法影響他人，而且，也無法受人影響。

〈思考的蘆葦〉

••••

關於老人，有一點令我很佩服。黃昏的澡堂，有個老人獨自在沖洗室的角落磨蹭。定睛一看，他正拿簡陋的日本剃刀刮鬍子。沒有鏡子，在薄暮中，他慢條斯理地動手。唯有那一刻令我嘆服不已。成千上萬次的經驗，讓這個老人學會如何不看鏡子單憑摸索便可輕鬆刮除臉上的鬍鬚。像這種經驗的累積，我們永遠只能自嘆弗如。

〈思考的蘆葦〉

得意忘形，無謂貶低自己的人是世上最沒出息的人。心裡忐忑著批評別人是否會遭對方記恨，卻還是忍不住想說壞話。結果不得不說自己的壞話。因爲說自己的壞話就不用擔心遭到任何人記恨了。

〈侏儒樂〉

以有情人待有情人，以無情人待無情人，賢、愚、軟、嚴各色人等皆視對手而定，自己也變成對方那種人，這樣算什麼？那是奇珍異寶喔，但當然不是人。

〈侏儒樂〉

事物的名稱，若是適宜的名稱，即便不仔細聽，自然也會明白。我，透過我的皮膚聽見。茫然凝視物象時，那個物象的言語會搔癢我的肌膚。例如，薊。對於壞名稱，我毫無反應。也有些名稱再怎麼聽還是無法接受。例如，人。

〈玩具〉

⋯⋯

最可怕的是孤獨。說說話可以解決。對象若是女的會不安。男的比較好。尤其是善良的男人。這位友人正好符合這種條件。

〈陰火〉

⋯⋯

父母比孩子重要，我希望這麼想。⋯⋯比起孩子，父母更軟弱。

⋯⋯⋯⋯

櫻桃上市了。

在我家，不會給小孩吃奢侈品。孩子們或許壓根沒見過櫻桃這種東西。如果給他們吃，他們一定很開心吧。父親如果帶回家，他們一定很開心吧。如果把櫻桃梗用線串起，掛在脖子上，看起來想必很像珊瑚項鍊。
但是，父親對於裝在大盤的櫻桃，彷彿難以下嚥般吃了吐籽，吃了吐籽，吃了吐籽，然後在心中虛張作勢嘀咕的話語是，父母比小孩重要。

〈櫻桃〉

⋯⋯

——父母恩
我寄居的兄長家日前得子。非常寵愛。
我試問，「養兒方知父母恩」這句話是否爲眞。
兄長賣關子地歪起頭沉思片刻後，
「好像也不盡然。大抵上老爹以前有這麼疼愛我嗎？」

〈再度彌補〉

⋯⋯

所謂的成年人，很可悲。即便相愛，也得小心翼翼，相敬如賓。爲何非得這麼小心？答案不值一提。實乃因爲遭到徹底背叛、蒙羞的例子太多了。人是靠不住的，這個發現，是青年步向成年的第一課。成年人，就是青年遭到背叛後的樣子。

〈津輕〉

⋯⋯

我不是聖人，講這種話實在不好意思，但東京人，未免太貪求食物。是因爲我自己落伍了嗎，俗諺說武士沒飯吃也要叼牙籤裝樣子，雖覺那種有點自暴自棄的可笑忍耐姿態稍嫌滑稽還是很喜愛。

〈津輕〉

⋯⋯

一旦脫口而出就沒救了，會自這世間徹底遭到埋葬。深藏在心頭最深處的祕密，你，想必，也有三、四個。

〈碧眼托缽〉

關於男人

能夠認眞傾聽十二、三歲少女講話的人，堪稱成熟的男人。

〈HUMAN LOST〉

⋮

男人最後好像還是只能依靠武力。對那種口齒伶俐又厚顏無恥，絲毫不知反省的人，我連話都不想說，劈頭就來一記漂亮的過肩摔，讓那傢伙的身體在半空翻個大筋斗，聽著背後頓時響起的重物落地聲悠然離開，那幅情景光是想想都痛快。

〈花吹雪〉

⋮

女人怎樣我不知道，但男人，只要女人格外認眞地說句好聽話，哪怕是我這樣的醜男，也會微微生出某種自信，最後，男人會在那個女人面前丟臉地厚顏賣弄，然後男與女，下場都會很悲慘，這似乎是世間常見的悲劇經過。女人，或許不該隨便奉承男人。

〈女類〉

⁘

女人的俠義心，這話聽來奇怪，但，依照我自己的經驗，至少在都會男女中，比起男人，女人更有那種堪稱俠義心的精神。男人多半膽小怕事，死要面子，而且，很小氣。

〈人間失格〉

⁘

不過話說回來，男人也很可笑。對於不怎麼喜歡的女人，動不動就瞧不起人家，給人家取些霍亂、掰掰之類的綽號；在心上人面前，卻想不出任何綽號，只會用小竹或小眞之類極端平凡的稱呼。

〈潘朵拉的盒子〉

我們寂寞且無力，別的什麼也不會，所以我如今深信，至少秉持誠實贈言，才是眞正謙虛的美好生存方式。我總覺得，在能力所及的範圍內，應該不斷努力去達成那個。哪怕是再小的事都行。即使是一朵蒲公英的贈禮，也能毫不羞愧地遞上，我相信這才是最有勇氣、像個男子漢的態度。

〈葉櫻與魔笛〉

關於女人

女性似乎有種傾向，幾乎全憑直覺來辨識意志薄弱的廢物男，逮住這個弱點，狠狠欺負那個男人，等到玩膩了便棄如敝屣不屑一顧。

〈男女同權〉

⋯⋯

世間女性不管有無學問，似乎皆潛藏著異樣可怕的殘忍性，可是，女子卻自稱弱小，要求旁人憐惜；另一方面，女人又說男人就該有男子氣概，眞不知何謂男子氣概，若要大肆發揮男子氣概討好女人，對方又說不可如此粗暴，就這樣遭到深刻沉痛的復仇，已不知究竟該如何是好⋯⋯

〈男女同權〉

⋯⋯

我認為，人類、猿類這種動物學的區別方式是錯誤的。應該分為男類、女類、猿類才對。種屬完全不同。就像身體不一樣，思考方法、對話的意思，和對於氣味、聲音、風景的反應方式，也截然不同。女類坦然自若地住在除非男類變成女類的身體否則絕對無法理解的奇妙世界。不知你可曾試過。站在車站月台，望著略遠處的風景，然後，稍微彎腰個兩三寸，再次放眼望去時，前方同樣的風景，看起來已截然不同。只憑身高或低個兩三寸，人生觀與世界觀便會大不相同。更何況是男體與女體，那種巨大差異就更不用說了。根本是住在不同的世界。我們看起來像藍色的東西，她們看來或許是紅色的。然後，她們認定紅色就是要稱爲藍色，故作無辜地這麼說，於是我們男類，沾沾自喜地以爲與女類相互理解，但那說不定只是一廂情願喔。就像我們喝下一升燒酒爲之暈頭轉向的感覺，女類這種生物，恐怕就是這樣一邊正經地買東西什麼的，一邊批評男類吧。燒酒一升，的確差不多是那樣。她們沒喝酒卻分不清東南西北，如此與鄰家太太東家長西家短。實在很不可思議。的確，女類之間的對話中，蘊藏著我們男類終究無法理解的另一種意味。我們男類聽了，只會覺得最無聊的，就是女類之間的對話。豈只是不分東西南北，簡直像是發瘋。實在難以理解！

我雖以貌醜爲恥，但別人口中的美女，那才是悲慘。

……〈女類〉

迷戀女人，爲此而死，這不是悲劇，是喜劇。不，是鬧劇。滑稽之至。誰也不會同情。還是別尋死才好。

……〈火鳥〉

俗話說人要衣裝佛要金裝，尤其是女人，換件衣服，便可莫名其妙地大變身。或許，女人本就是妖怪。

……〈Good bye〉

〈Good bye〉

女人比起男人，似乎更容易親近小丑。若要自己扮演小丑，男人終究不可能一直咯咯笑，況且自己也知道，如果在男人面前得意忘形過於耍寶只會搞砸，因此必然會留心在適當機會打住；但女人不懂見好就收，總是沒完沒了地要求自己耍寶，只好應其無止境的安可之請再次出場，弄得自己精疲力盡。女人實在很會笑。看來，女人比男人更能享受快樂。

〈人間失格〉

女人一談戀愛，就完了。除了冷眼旁觀別無他法。

〈女人的決鬥〉

我逃了。嗯，逃了。

即便如此，女人這種生物，好像難以忘記曾經迷戀過的男人。哇哈哈。到現在還會寄信來呢。嘻嘻。上次也是，寄了麻糬來。女人眞是傻啊。如果要被女人看上，靠臉蛋不行，靠錢也不行，要靠心意，是心意……

〈好友交歡〉

⁂

女人的玉指，皎若白魚……經常聽人這麼形容，但那種話，是騙人的。像白魚的手指……別傻了，沒那回事。大體上，在這世上，哪有手指如此美麗的女人……

〈太宰治警語〉

關於「我」

我的「獨行道」

看過宮本武藏的「獨行道」嗎？劍道名人，也是人生達人。

一、不違背世間常理。
二、不心存依賴。
三、不求安樂。
四、一生無貪欲。
五、於己事無悔。
六、善惡分明不嫉妒他人。
七、分道揚鑣不傷悲。
八、於己於人都不懷恨在心。

九、不沉迷愛慕之情。

十、諸事不偏愛。

十一、不求華宅美居。

十二、不偏好美食。

十三、不占有古董。

十四、於己百無禁忌。

十五、兵器不求無謂的極品。

十六、爲求道不惜一死。

十七、老來不貪財。

十八、敬神但不求神。

十九、衷心不離兵法之道。

所謂男子的楷模想必正是指此種心境之人。反觀我自己又是如何？簡直不堪一提。自己都覺得羞愧，爲免再次陷入平日污濁的心境，我秉持自戒之嚴肅意圖姑且列出個人的十九條。這是愚人的懺悔。尚祈神明與賢者見諒。

一、不解世間常理。即便受教，亦異常彆扭，無法實行。

二、萬事心存依賴。經常無理由地討厭自大的年輕詩人們。唯有對兩三個內向、用功的學生，才會笑臉相迎。

三、只顧己身安樂。一家之中，比小孩還早睡，比任何人都晚起。見妻子生病會發怒。脫口冒出威脅之詞，警告妻子不快點康復便找她算帳，因妻子病倒後丈夫的雜事便會增多。有時自稱正在沉思，其實裹著毯子躺臥，鼾聲大作。

四、貪婪多欲，逸出常軌。與站在玩具店前，這也不要、那也不要，大人問那你究竟想要什麼，往天上月亮一指的孩童有相通之處。大欲恍似無欲。

五、經常後悔。猶如遭魔鬼蠱惑。明知一定會後悔，還是一腳陷入，然後深深後悔。後悔的滋味，似乎也會上癮。

六、雖不至於嫉妒，不知爲何，卻有批評成功者的傾向。

七、有時會吟誦著前輩那句「人生唯有再見二字」大醉落淚。

八、他人固然可恨，最恨的還是自己。

九、不分睡時或醒時心中常懷愛慕。然而，一切終歸淡淡空想。說到不討女人歡心，想必無人出乎其右。是因爲我的臉太大嗎？誠然費解。無奈之下只好裝作一本正經。

十、若無偏愛也不可能有欲望。吾愛美酒。濁酒亦不辭。

十一、吾家有三坪、二坪多、一坪半的房間各一。如今很想要個房間。在小孩四處吵鬧的屋裡很難工作，也曾考慮搬家，但我的前途收入固然不穩，兼之，又是異常膽小的人，只好一切作罷。想要一個房間的心思的確有。不求華廈美居者的心境與我實有萬里差距。

十二、雖不愛一般美食，枉爲一介男子，卻頻頻向廚房詢問今天吃什麼菜。下流之極。慚愧不已。

十三、吾家沒有任何舊物，實因吾有賣物惡習。藏書的賣出最頻繁。爲求以稍高之價賣出，一再討價還價，連自己都感膚淺。與那種全無物欲、能夠斷絕對舊物的執著喜愛，清爽度日者，表面上雖有些許相似，論及心境深淺，直有千尋之差異。

十四、吾之禁忌多矣。犬、蛇、毛蟲，最近又加上蒼蠅的擾人。吹牛皮，最最可厭。

十五、吾家無書畫古董，實因主人吝嗇之故。爲一枚盤子付出五十圓、一百圓，不，甚至拋擲萬金者的心態，於主人實不可解。某日，主人造訪一友。友人親手折下院中美麗的玫瑰數枝，權作伴手禮贈之，主人固辭曰，若是蔬菜或可收下。以此可窺全豹。與劍聖武藏摒除武器之外一切道具專心謀求精進之心顯然似是實非。況且，對此人而言武器暫爲禁物。瘋子亦有利刃之喻。難保不會做出什麼。越是弱犬越會咬人。

十六、死倒是不怕。留下妻小，雖然可憐卻也無可奈何。不過現在，除了戰死不容其他死法。是故只能勉強苟活。這條性命，如今好歹爲國派上用場。這一條，雖覺不輸劍聖，但再一想，不想死卻非捨命不可自有可敬之處，動不動就想尋死，四處徘徊尋找自裁場所純屬一己任性，唉呀，這一條果然也不行。

十七、別說是惦記年老時的錢財了，光是眼前每日的生活開銷便已費盡愁腸只能報以苦笑，不過，竊以爲，等我老了或者死後，最好能留點財產讓家人不致衣食短缺。然而，要遺留財產，於我而言等同奇蹟。即使家無恆產，只要還有工作，想必總有辦法過得去，正是因爲抱著這種天眞的幻想所以這條也不及格。

十八、平時不信神，困厄時才求神。但我或許會終生困厄，所以縱然只是終生不忘神佛，那也等於是在求神。與劍聖的心境背道而馳何止千萬里。

十九、說來丟人，我的大敵在廚房。如何哄騙、不惹她生氣、掩飾我的不善工作，就是我全部的兵法。與之較勁，時而落居下風，只能狼狽衝出家門，獨自在附近的井之頭公園池畔徘徊，彼時那種晦暗心情無可比擬。彷彿獨自背負舉世苦惱般愁眉苦臉踽踽獨行，只好頻頻設法在夫妻爭吵後收拾善後，所以不堪一提。除了目瞪口呆之外別無其他。

請與劍聖留下的「獨行道」一條一條逐一比較閱讀。雖然看似醉後玩笑，但眞理，哪怕是談笑道來仍舊是眞理。只盼愚者的這番眞誠告白，對於賢明的讀者諸君，能夠聊充些許反省資料。

〈花吹雪〉

••••

我總是像被什麼追趕似的，不分早晚，永遠毛毛躁躁坐立不安，最大的原因之一或許是因爲我的力氣弱小吧。

〈花吹雪〉

••••

到目前爲止，對於這些年少友人，我從未拒絕會晤。即使工作再忙的時候，我也會請他們進來坐。然而，我也不能否認，過去的「請進來坐」，多半是消極的「請進來坐」。換言之，有時的確是因爲意志軟弱，只好落寞地笑著說：「請進來坐。我的工作一點也不重要。」我的工作，沒有偉大到斷然趕走訪客的地步。訪客的苦惱，與我的苦惱，何者較嚴重，這我不知道。說不定，我這邊的問題，還比較好解決。

〈新郎〉

⋯⋯

我的理智，直到死前最後一秒都會保持清明。但是，我偷偷在意形式的問題。我渴求清潔的鬱悶之影。

〈狂言之神〉

⋯⋯

我也知道自身容貌的可笑。從小，就一直被別人嘲笑好醜好醜。我並不友善，又不機靈。而且，粗俗地酗酒。自然不可能討女人喜歡。我個人，對此，似乎也有一點引以爲傲。

〈俗天使〉

對於自己這種已滲透骨髓的浪漫主義，某種程度上，我不得不Save。

〈春之盜賊〉

⋯⋯

完完全全，徹底無能。連自己都覺得佩服。有時會嫉恨仕途之地，雖未想過要進入佛門堂奧，卻憧憬站在講台上喝斥學生之舉，迷戀火夫操縱蒸汽火車的風采，同時，也感到仔細查帳的銀行員特別清高，被醫生的沉重金鎖壓倒，一度甚至偷偷爬上高台，練習憂國熱血的慷慨陳詞，但是現在，我對一切都已死心。不管讓我做什麼，都是個廢物男。我已確認了。於是，提筆寫下這種自己也不怎麼欣賞的無聊故事。

〈春之盜賊〉

⋯⋯

我，就算要死，也不得不巧言令色。

〈盲草紙〉

●●●●

我在家中總是愛開玩笑。那或許該說，是因為「煩心」的事情太多，不得不「表面故作快樂」吧。不，不僅是在家時，與人接觸時也是，哪怕心情再差，身體再不舒服，我也幾乎像拼命似的，努力創造愉快的氣氛。然後，與客人道別後，我累得站不穩，滿腦子想著錢的事，道德的事，自殺的事。不，不僅是與人接觸時。寫小說時，也是這樣。我在悲傷時，反而會努力創造輕鬆愉快的故事。自以為這是最可口的奉獻，但旁人卻未察覺，反而瞧不起我，批評太宰治這個作家最近也變得格外輕浮，只靠逗趣吸引讀者上鉤，太淺薄。

為他人奉獻，是壞事嗎？故意吊胃口，遲遲不笑，就是好事嗎？

簡而言之，我無法忍受正經八百又掃興、**尷尬的狀況**。我在我的家中，也不斷開玩笑，抱著如履薄冰的心情開玩笑，與某些讀者、評論家的想像不同，我房間的榻榻米很新，桌上井然有序，夫妻恩愛，相敬如賓，打老婆的事當然沒有，就連滾出去、我要離家出走這種粗暴的口角也沒發生過，父母都一樣疼愛小孩，小孩也開朗地親近父母。

然而，那是外表。母親若敞開心房，是淚之谷，父親的盜汗現象，也愈益嚴重，夫婦都知道對方的痛苦，卻努力不去碰觸，當父親開玩笑時，母親也會笑。

〈櫻桃〉

••••

我的家譜中，一個思想家也沒有。也沒有任何學者。沒有藝術家。甚至沒有公務員、將軍。只是平凡、普通的鄉下大地主。父親一度做過代議士，後來也進入貴族院，但也沒聽說他活躍於中央的政界。這樣的父親，蓋了異常巨大的房子。沒有任何風格可言，純粹只是巨大。房間應有將近三十間吧。而且多半是五坪、十坪的大房間。雖然異常堅固，但是，沒有任何風韻可言。

書畫古董之類的重要美術品，也付之闕如。

這樣的父親，似乎愛好戲劇，但是，他完全不看小說。我記得小時候曾聽他抱怨，爲了看《越過死線[1]》這部長篇小說，不知浪費了多少時間。

1 賀川豐彥於一九二〇年出版的社會寫實小說。當時頗為暢銷。

然而，在這樣的家譜中，沒有任何複雜晦暗之處。也沒有爭奪家產的醜聞。簡而言之，無人露出醜態。似乎被列入津輕地區最上等的家族之一。在這個家族中，做出愚行遭人在背後指指點點的只有我。

〈苦惱年鑑〉

••••

我憧憬純粹。無報酬的行爲。毫無利己心的生活。但是，那極爲困難。我只能不斷借酒消愁。

我最憎惡的，是僞善。

〈苦惱年鑑〉

••••

我的戰鬥。一言以蔽之，是與傳統的戰鬥。是對一切裝模作樣的戰鬥。是對露骨的面子問題的戰鬥。是對小家子氣的事、小家子氣的人的戰鬥。

〈美男子與香菸〉

····

在我看來，所謂的賣春婦，不是人，也不是女性，倒像是白痴或瘋子，在那種人的懷中，我反而全然安心，得以熟睡。她們其實毫無欲望到了衰微的地步。於是，也許是在我身上感到同類的親和感，我總是從那些賣春婦那裡，得到毫不扭捏的自然善意。那是沒有任何企圖的善意，是不霸道的善意，是對或許再也不會出現的人的善意，對我來說，在那些白痴或瘋狂的賣春婦身上，某些夜晚也曾親眼看到瑪莉亞的聖光。

〈人間失格〉

····

當時，對我而言每一天都是晚年。

〈那可不行唄〉

····

我不認爲自己是怪人，更非怪男人，只是一個異常普通，對舊道德非常堅持的男人。可是，似乎有許多人以爲我完全漠視道德倫理，其實正好相反。

然而，正如我前面也提過的，正因個性軟弱所以至少必須承認那種軟弱本身。況且我也無法與人爭論，雖說這也是我的弱點，但我總覺得多少也包含了自己的基督教主義精神。

談到基督教主義，我現在住的是名符其實的破屋。我當然也想住一般人的好房子。有時也覺得孩子可憐。但我就是無法住好房子。那並非從無產階級意識或無產階級主義學來的，好像只是因爲頑固地認定耶穌基督說的「汝當愛鄰人如愛己」那句話。但最近我深深感到，愛鄰人如愛己，實在不易做到。人都是一樣的。這種思想恐怕只會逼人走上自絕之路。

對於耶穌基督的「汝當愛鄰人如愛己」這句話，我一定是理解錯誤吧。那應該有別的意思吧。當我這麼想時，我想起「如愛己」這幾個字。還是得愛自己。如果討厭自己，或者虐待自己來愛別人，那當然只能自殺，這點我雖然已隱約發現，但那只是理論上。我對世人的感情還是常感羞怯，懷著不得不矮人一截走路的實感活到今天。在這種地方，似乎也有我的文學根源。

〈論我的半生〉

不知有沒有人肯在我的墓碑上，替我刻下這麼一句話——

「他最喜歡的，就是取悅他人！」

這是我從出生便已注定的宿命。選擇演員這個職業，也是爲了那個原因。啊啊，我想成爲全國第一，不，是世界第一的名演員！然後，我想取悅大家，尤其是窮人，讓他們歡喜得渾身發麻。

〈正義與微笑〉

……

離人
太宰治的人生絮語

作　者　太宰治
譯　者　劉子倩
主　編　林玟萱

總編輯　李映慧
執行長　陳旭華（ymal@ms14.hinet.net）

社　長　郭重興
發行人兼出版總監　曾大福
出　版　大牌出版 / 遠足文化事業股份有限公司
發　行　遠足文化事業股份有限公司
地　址　23141 新北市新店區民權路108-2號9樓
電　話　+886-2-2218 1417
傳　真　+886-2-8667 1851

印　務　江域平、李孟儒
封面設計　許晉維
印　製　成陽印刷股份有限公司
法律顧問　華洋法律事務所　蘇文生律師

定　價　350元
一　版　2013年02月
四　版　2021年09月

離人 / 太宰治著 ; 劉子倩譯. -- 四版. -- 新北市 : 大牌出版, 遠足文化事業股份有限公司, 2021.09　面；　公分
ISBN 978-986-0741-43-8（平裝）

861.67　　110012290